रघुवंश

रघुवंश

(संस्कृत के सुप्रसिद्ध महाकाव्य 'रघुवंश'
का हिन्दी रूपान्तर)

महाकवि कालिदास

राजपाल

रूपान्तरकार

इन्द्र विद्यावाचस्पति

स्थापित 1912
100 वर्षों की श्रेष्ठ प्रकाशन परम्परा
राजपाल

₹ 185

ISBN : 9788170283706

RAGHUVANSH (Sanskrit Epic) by Kalidas

मुद्रक : जी.एस. ऑफसेट, दिल्ली

राजपाल एण्ड सन्ज़

1590, मदरसा रोड, कश्मीरी गेट, दिल्ली–110006

फोन : 011–23869812, 23865483, 23867791

website : www.rajpalpublishing.com

e-mail : sales@rajpalpublishing.com

www.facebook.com/rajpalandsons

भूमिका

छात्रावस्था से ही मुझे कालिदास के काव्यों के पारायण का व्यसन रहा है। अब तक भी रिक्त समय को काटने या मनोरंजन के लिए उपन्यास के स्थान पर मैं प्रायः कालिदास का कोई काव्य पढ़ा करता हूं। जितना ही अधिक मैंने कवि-सम्राट् के काव्यों का अनुशीलन किया, उतना ही अधिक उनका सौंदर्य और गौरव मेरे मन पर अंकित होता गया।

कई प्राचीन साहित्यालोचकों ने कालिदास के ग्रन्थों में सबसे उत्कृष्ट 'अभिज्ञानशाकुन्तल' को ठहराया है। शाकुन्तल में ललित शब्दों और कोमल भावनाओं का ऐसा अच्छा मिश्रण है कि उसकी उपमा मिलनी कठिन है। इस दृष्टि से उसका स्थान न केवल कालिदास के ग्रन्थों में या संस्कृत के वाङ्मय में, अपितु विश्व के साहित्य में ऊँचा माना जाए तो उचित ही है। परन्तु दो कारणों से मैंने 'रघुवंश' को पहला स्थान दिया है। प्रथम कारण तो यह है कि यह महाकाव्य है। उसमें वर्णनीय विषयों और रसों की इतनी विविधता है कि कवि को अपनी प्रतिभा के प्रकाशन का पूरा अवसर मिला है। दूसरा कारण यह है कि 'रघुवंश' में हम कालिदास के काल की अवस्था तथा भावना का विशद तथा उज्ज्वल चित्र देखते हैं। यह ठीक है कि 'रघुवंश' महाकाव्य में सम्राट् रघु और उसके वंशजों की कहानी चित्रित की गई है, परन्तु गम्भीर दृष्टि से पढ़नेवाला पाठक इस परिणाम पर पहुंचे बिना नहीं रह सकता कि उस चरित्रावली की पृष्ठभूमि में महाकवि का समय विद्यमान है।

मैंने 'रघुवंश' के श्लोकों का शब्दानुवाद नहीं किया। शब्दानुवाद से मैं कवि के आन्तरिक भाव को पाठकों तक नहीं पहुंचा सकता था। मैंने प्रयत्न किया है कि मैं कवि के आन्तरिक भावों को, सुबोध लोकभाषा में प्रतिबिम्बित कर दूं। फलतः यह 'रघुवंश' के उन्नीस सर्गों के प्रत्येक शब्द अथवा प्रत्येक श्लोक का

भावानुवाद भी नहीं है। यह कहना अधिक संगत होगा कि यथासम्भव तथा यथाशक्ति कवि के भाव और कवि की कथन-शैली की रक्षा करते हुए, सम्राट् रघु के तेजस्वी चरित्र को चित्रित करने का प्रयत्न किया गया है।

समय और स्थान

कालिदास के जन्मस्थान और जन्मकाल के सम्बन्ध में आज भी वैसा ही अनिश्चय बना हुआ है, जैसा आज से पचास वर्ष पूर्व था। प्रायः देश का प्रत्येक प्रदेश कालिदास की जन्मभूमि होने का दावा कर चुका है। कश्मीर, हिमाचलप्रदेश, मालवा, मगध, बंगाल तथा दक्षिण के पक्ष में प्रबल युक्तियों तथा प्रमाणों से युक्त लेख लिखे गये हैं। यह बात विशेष ध्यान देने योग्य है कि प्रदेश-विशेष का समर्थन प्रायः उसी प्रदेश के निवासी विद्वानों ने किया है। यह उस व्यापक और गहरे प्रेम तथा आदर-भाव का सूचक है, जो भारतवासी-मात्र के हृदय में कालिदास के लिए विद्यमान है। वे उसे अपनाना चाहते हैं, उसका जन्मस्थान अपने प्रदेश में, यदि हो सके तो, अपने गांव में खोजना चाहते हैं। यदि महाकवि ने अपने किसी ग्रन्थ में जन्म-स्थान के सम्बन्ध में कोई संकेत दिया होता तो विवाद की कुछ बात ही न रहती। इसके अभाव में प्रत्येक भारतवासी की यह अभिलाषा स्वाभाविक ही है कि वह कालिदास को स्वक्षेत्री सिद्ध करे। मैं स्थान-सम्बन्धी तर्क-वितर्क में न पड़कर विद्वानों की सम्मतियों के आधार पर इस परिणाम पर पहुंचना अधिक सुन्दर और सार्थक समझता हूं कि कालिदास का जन्म-स्थान सम्पूर्ण भारतवर्ष था—उसें जन्म देने का श्रेय किसी एक प्रदेश को न देकर, समूचे देश को देना चाहिए।

अन्वेषकों ने कालिदास के जन्मस्थान का निर्णय करने के लिए जिन उपायों का सहारा लिया है, उनमें से एक यह भी है कि कालिदास की रचनाओं से कवि के प्रदेश-सम्बन्धी परिचय तथा प्रेम की परख की जाए। अन्वेषकों ने मान लिया है कि रचनाओं की छानबीन से जिस प्रदेश के साथ कवि का गहरा परिचय तथा प्रेम भासित होता हो, कवि का जन्म उसी प्रदेश में हुआ होगा। बड़े आश्चर्य की बात यह है कि इस उपाय के सूत्र को पकड़कर जब अन्वेषक लोग आगे बड़े तो उनमें से प्रायः प्रत्येक जन्म-प्रदेश में पहुंच गया। मैं तो इसका मूल कारण यह समझता हूं कि कालिदास का देश-प्रेम और देश-परिचय असाधारण रूप से व्यापक और गहरा था। देश-भ्रमण का कवि को जो अवसर मिला, उसने अपनी निरीक्षण-शक्ति और अद्‌भुत प्रतिभा के बल से उससे पूरा लाभ उठाया। सम्पूर्ण

भारतखंड के भिन्न-भिन्न प्रदेशों और उनकी विशेषताओं से जितना परिचय कालिदास का था, उतना शायद ही किसी अन्य कवि का हो। हिमालय की चोटियों, दक्षिण की नदियों और पूर्व तथा पश्चिम के वन-उपवनों का बहुत ही वास्तविक और विशेषतापूर्ण वर्णन महाकवि के काव्यों तथा नाटकों में मिलता है। उसे पढ़कर प्रतीत होता है कि कवि ने चिरकाल तक बहुत समीप से उन स्थानों को देखा है। सामान्य व्यक्ति चिर-निवास के बिना उतना निरीक्षण नहीं कर सकता। 'कुमारसम्भव' के प्रारम्भ में कालिदास ने हिमालय का मानो नख-शिख-वर्णन कर दिया है। उधर 'रघुवंश' में रघु की दिग्विजय-यात्रा का वर्णन पढ़िए तो आप अनुभव करेंगे कि कवि को भारत के कोने-कोने की भौगोलिक और मानवीय विशेषज्ञताओं का विशद् परिचय है। 'मेघदूत' का अनुशीलन कीजिए तो आप भारत के उत्तर और दक्षिण के मुख्य दो पर्वतों को आपस में मिलानेवाले मेरुदण्ड का मार्मिक वर्णन पाएंगे। कालिदास के इस व्यापक और गहरे परिचय का ही परिणाम है कि भारत के प्रत्येक प्रदेश का निवासी कवि के ग्रन्थों में अपने प्रदेश के इतने चिह्न पा लेता है कि उसे कालिदास के समक्षेत्री होने का विश्वास हो जाता है। यदि केवल किसी एक अंग पर दृष्टि न डालकर कवि के समस्त काव्यों पर पक्षपातहीन दृष्टि डाली जाए तो यही परिणाम निकलेगा कि कालिदास भारत का निवासी था। उसका जन्म कहां हुआ था, इस प्रश्न का उत्तर तो कालान्तर में कोई पुरातत्त्ववेत्ता ही दे सकेंगे, मैं तो इतना ही कहना चाहता हूं कि महाकवि कालिदास भारत का निवासी था और यदि हम कालिदास के समय के भारतवर्ष को जानना चाहते हैं, तो उसका सर्वोत्कृष्ट चित्र कवि के काव्यों में विद्यमान है।

दूसरा प्रश्न जन्मकाल का है। जन्मकाल के सम्बन्ध में भी विद्वानों के अनेक मत हैं। विक्रम संवत् के संस्थापक सम्राट् विक्रमादित्य से लेकर छठी शताब्दी के किसी विक्रमादित्य तक के समय में महाकवि की सत्ता को सिद्ध करने के प्रयत्न किए गए हैं। इस विषय में, कालिदास के ग्रन्थों में अथवा अन्यत्र कोई सीधा प्रमाण नहीं मिलता। ख्याति के अनुसार कलिदास सम्राट् विक्रमादित्य की सभा के नव-रत्नों में से अन्यतम थे। यह ख्याति संस्कृत-साहित्य में सत्य करके मानी जाती रही है। स्वाभाविक तो यह था कि जब तक पुष्ट प्रमाणों से उस ख्याति का खण्डन न हो जाता, तब तक उसे ही स्वीकार किया जाता। परन्तु पश्चिम के समालोचकों ने संवत् के संस्थापक विक्रमादित्य की सत्ता पर ही आशंका उठा दी। बस, फिर क्या था, मानसिक पराधीनता-काल के भारतीय विद्वान् विक्रमादित्य को केवल भूत-प्रेतों जैसा कल्पित व्यक्ति मानकर ताम्रपत्रों और

शिलालेखों में से किसी अन्य विक्रमादित्य को ढूंढ़ निकालने का प्रयत्न करने लगे। कई विक्रमादित्य खोदकर निकाले गए, परन्तु यह बताने वाला कोई शिलालेख अब तक नहीं मिला कि उनमें से किसके समय में महाकवि ने कविता की। ऐसी दशा में मैं तो यही समझता हूँ कि महाकवि कालिदास को विक्रमी संवत् के संस्थापक सम्राट् विक्रमादित्य का समकालीन ही माना जाए। इस मन्तव्य के पक्ष में जनश्रुति के अतिरिक्त साहित्य के पोषक प्रमाण भी विद्यमान हैं। केवल काल्पनिक युक्तियों के प्रहार से 2000 वर्ष पुरानी ख्याति का दुर्ग नहीं तोड़ा जा सकता। यदि हम एक बार इस मार्ग पर चल पड़े, तो हमें अपने सम्पूर्ण प्राचीन इतिहास से हाथ धोना पड़ेगा। हमारे मनु और मान्धाता, हमारे राम और कृष्ण और हमारे वाल्मीकि और व्यास पोषक शिलालेखों और ताम्रपत्रों के अभाव के कारण अविश्वास की आंधी से उड़ जाएंगे। इस कारण, अन्य किसी पुष्ट कल्पना के अभाव में, मैंने यही स्वीकार कर लिया है कि अब से 2013 वर्ष पूर्व, विक्रमादित्य नाम का एक प्रतापी सम्राट् भारत में राज्य करता था। उसने विदेशी आक्रमणकारियों पर विजय प्राप्त करके स्मारक-रूप में विक्रमी संवत् की स्थापना की थी। महाकवि कालिदास उसी की सभा का एक रत्न था। जैसे उस आदि विक्रमादित्य के अनुकरण में अनेक भारतीय विजेताओं ने अपने नाम के साथ विक्रमादित्य की उपाधि जोड़कर अपना मान बढ़ाया, उसी प्रकार अनेक कवियों ने भी अपने को कालिदास नाम से विशेषित करके—

एकोऽपि जीयते हन्त कालिदासो न केनचित्
शृङ्गारे ललितोद्गारे कालिदासत्रयी किमु?

शृंगार रस और मधुर उक्तियों में एक कालिदास को जीतना ही कठिन है, फिर जब तीन कालिदास हों तो उनसे कौन पार पा सकता है? —इस प्रकार की उक्तियों को जन्म दिया।

कालिदास के समय का भारत

जब तक अत्यन्त पुष्ट प्रमाणों से कोई दूसरा मत सिद्ध नहीं हो जाता, तब तक इसी प्राचीन मत को प्रामाणिक मानना चाहिए कि 'रघुवंश' आदि काव्यों और 'अभिज्ञानशाकुन्तल' आदि नाटकों के निर्माता महाकवि कालिदास ने विक्रमी संवत् के संस्थापक महाराजा विक्रमादित्य के राज्य काल में अपनी अमर कृतियों की रचना की। यदि कालिदास ने अन्य अनेक उत्तरकालीन कवियों की भांति थोड़ी-सी

भी आत्मपरिचय-सम्बन्धी बातें कह दी होतीं, तो आज कुछ महानुभावों को एक निश्चित विषय पर ऐसा संशयात्मक होने का अवसर न मिलता। परन्तु एक संतोष की बात भी है। महाकवि के काव्यों में कवि के समय का सीधा निर्देश न होते हुए भी, वह समय कैसा था? —इस प्रश्न का उत्तर देने के लिए पर्याप्त सामग्री विद्यमान है। कालिदास के ग्रन्थों को पढ़िए तो आप उस समय के भावों की झलक ज्ञानचक्षुओं से देख सकते हैं। आप 'रघुवंश' से उस समय की राजनीतिक भावनाओं, 'कुमारसम्भव' से धार्मिक विचारों और 'मेघदूत' से सामाजिक तथा भौगोलिक परिस्थितियों का एक स्पष्ट चित्र खींच सकते हैं। तीनों काव्य मुख्य रूप से उस काल के राजाओं, राजपरिवारों और राजमहलों की अवस्थाओं का प्रदर्शन करने के अतिरिक्त प्रसंगवश थोड़ा-बहुत जनता के जीवन को भी चित्रित करते हैं। अनेक-प्रतिभा सम्पन्न लेखकों ने कालिदास के ग्रंथों की सहायता से उस समय के समाज का पूर्ण चित्र खींचने का यत्न किया। इस सारभूत प्रस्तावना में उसका दिग्दर्शन कराने को भी स्थान नहीं है। यहां तो मैं थोड़े-से शब्दों में उस चित्र की केवल परिधि-रेखाओं को ही खींच सकता हूं, और वह भी इस रूप में कि उन्हें पढ़ने से मेरे मन पर विक्रम के समय की कैसी रूपरेखा खिंची है।

वह समय अत्यन्त समृद्धिशाली था। भारत के शासकों का आसपास के देशों पर आतंक था। देश के अन्दर शक्ति और विभूति का दौर-दौरा था। प्रजा संतुष्ट थी और राजभक्त थी। चोर और दस्यु भय खाते थे और सामान्य नागरिक सुख से अपना जीवन व्यतीत करते थे। नगरों में विविध प्रकार की कलाएं विकसित होती थीं और ग्रामों के निवासी अन्न उपजाकार देश को जीवन-दान देते थे। कर-रूप में केवल भूमि का पष्ठांग लिया जाता था जिसका अधिकांश प्रजा पर ही व्यय कर दिया जाता था। शासकवर्ग अपने को प्रजा का रक्षक और सेवक मानता था और अत्याचार से भय खाता था।

उस समय देश में भारतीय धर्म अपने पौराणिक रूप में प्रचलित था। बौद्धधर्म क्षीण हो गया था, जैनधर्म भी परिमित क्षेत्र में ही जीवित था। प्राचीन आर्यधर्म पौराणिक कलेवर में लोकसम्मत था। प्रतीत होता है कि मुख्यता भगवान के शंकररूप को दी जाती थी।

साहित्य और कला की दृष्टि से वह समय बहुत उन्नत था। उसे भारतीय साहित्य का स्वर्णिम युग कह सकते हैं। उस समय के साहित्योद्यान का सबसे उज्ज्वल और चमत्कारी पुष्प तो स्वयं कालिदास ही था, परन्तु इतिहास बतलाता है कि कालिदास जैसा पुष्प साहित्योद्यान में कभी अकेला नहीं खिलता। वह पुष्पों

और कुंजों से घिरा रहता है। भारत की ऐतिहासिक परम्परा भी हमें यही बतलाती है कि वह समय कवियों, विद्वानों और कलाकारों की दृष्टि से अत्यन्त समृद्ध था। संस्कारपूत, परिष्कृत और साधु भाषा का आदर किया जाता था। राजा से लेकर रंक तक साक्षर और विद्याप्रेमी होते थे। संस्कृत के नाटकों का बहुत प्रचार था। नाट्यकला और चित्रकला सार्वजनिक रूप से प्रचलित थीं। स्त्रियों को कला की शिक्षा विशेष रूप से दी जाती थी। प्रेक्षागृह' अर्थात् नाटक-घर को नगरी का आवश्यक अंग माना जाता था।

कालिदास के काव्यों में चित्रकला के निर्देश इतनी बहुतायत से मिलते हैं कि उनसे जहां एक ओर कालिदास के कलाप्रेम का परिचय मिलता है, वहीं उस समय का कला-सम्बन्धी गौरव भी प्रकट होता है। दृश्यों, व्यक्तियों और पशु-पक्षियों के चित्रों की चर्चा स्थान-स्थान पर आई है। चित्रकला में ऐसे प्राकृतिक दृश्यों के चित्रण को सबसे अधिक कठिन और महत्त्वपूर्ण समझा जाता है, जिसमें विस्तृत भूमि-भाग पर पर्वत, आकाश, मनुष्य और पशु-पक्षियों पर प्रकाश और अन्धकार के सूक्ष्म प्रभावों को दिखाया गया हो। कालिदास के काव्यों से प्रमाणित होता है कि कला की वह शाखा भी उस समय अत्यन्त उन्नत दशा तक पहुंची हुई थी।

मूर्तिकला तो उस समय की विशेषता ही थी। देवी-देवताओं, मनुष्यों और पशु-पक्षियों की भावपूर्ण मूर्तियों के जो गुप्तकालीन अवशेष मिलते हैं, वे विक्रमकालीन परम्परा के अंग हैं। कालिदास के काव्यों में मूर्तिकला के अनेक निर्देश मिलते हैं।

कालिदास के ग्रन्थों में शिल्पी, शिल्पसंघ आदि से निर्देशों के अतिरिक्त घरों और नगरों के द्वारों और पक्षकों के, राजपथ और विपणियों के जो सांगोपांग वर्णन मिलते हैं, वे ऊँचे दर्जे की शिल्पकला को सूचित करते हैं।

कालिदास के काव्यों के अध्ययन से मन पर उस समय की समृद्धि और ऐश्वर्य का जो प्रभाव पड़ता है, वह इतना गहरा है कि कभी-कभी आशंका होने लगती है कि कहीं वह केवल काल्पनिक ही तो नहीं। परन्तु जब हम उस समय के सब ऐतिहासिक अवशेषों की परीक्षा करके देखते हैं तो वह विचार जो महाकवि के अध्ययन से बना था, पुष्ट हो जाता है। उस समय देश की सर्वतोमुखी विभूति अपने पूर्ण यौवन पर थी। प्रजा सुखी और समृद्ध थी। शासक कर्तव्यपरायण और श्रीमान् थे। देश के बल-पराक्रम का आसपास के देशों पर आंतक था, जिसके फलस्वरूप बहुमूल्य उपहार चारों ओर से बरसते रहते थे। देश में सुख था, शान्ति थी और सुराज्य था।

'रघुवंश' का लक्ष्यबिंदु–प्रत्येक महती रचना का कोई न कोई लक्ष्यबिन्दु होता है। जिस रचना का कोई लक्ष्यबिन्दु न हो, वह महती नहीं कहला सकती। रचना भौतिक हो या आध्यात्मिक, उसका लक्ष्यबिन्दु तो होना ही चाहिए। कुछ लोग कला के लिए कला और जीने के लिए जीने की कल्पना का समर्थन करते हुए समझते हैं कि हमने एक बहुत अनूठी और अनमोल कल्पना की है। वस्तुतः वह असम्भव की कल्पना है। यह ठीक है कि भोजन भूख को मिटाने के लिए किया जाता है, परन्तु भोज्य वस्तु क्या हो, और कैसे खाई जाए, इसका निश्चय भोजन करने वाले के दृष्टिकोण या लक्ष्यबिन्दु के अनुसार होता है। जो मनुष्य शरीर की रक्षा और स्वास्थ्य के लिए भोजन करता है, उसके भोजन में और जो मनुष्य स्वाद के लिए खाता है, उसके भोजन में बहुत भारी अन्तर रहता है। लक्ष्यबिन्दु से रचना में भेद आना अवश्यम्भावी है।

ऊँचे दर्जे की साहित्यिक रचनाओं का कोई न कोई लक्ष्यबिन्दु अवश्य होता है। काव्य अनेक उद्देश्यों से लिखा जाता है–

काव्यं यशसेऽर्थकृते...
कान्तासम्मिततत्तोपदेशयुजे।

काव्य की रचना यश के लिए हो सकती है, धन के लिए और मधुरतापूर्वक उपदेश देने के लिए भी सम्भव है। और इनमें से दो और तीन के मिश्रण से भी हो सकती है। यह स्पष्ट है कि जो काव्य केवल धन या केवल यश के लिए लिखा जाएगा, वह उस ऊँचाई तक नहीं पहुंच सकता, जिस ऊंचाई तक वह पहुंचेगा, जिसका लक्ष्य लोक-कल्याण है। संसार की जितनी महती साहित्यिक रचनाएं हैं, उनमें काव्योपयोगी सब गुणों के अतिरिक्त यह गुण भी आवश्यक रूप से उपलब्ध होता है कि उनमें मनुष्यों के लिए एक सन्देश होता है। सन्देश से हीन साहित्य महान नहीं हो सकता। उस सन्देश को ही मैं काव्य का लक्ष्यबिन्दु कहता हूं।

'रामायण' सत्य की जीत और असत्य की हार का सन्देश देती है। 'महाभारत' से संसार को यह शिक्षा मिलती है कि भाई-भाई के द्वेष और युद्ध के कारण समृद्ध से समृद्ध राष्ट्र भी समूल नष्ट हो सकता है। होमर के 'ईलियड' से संसार को यह शिक्षा मिलती है कि जाति का एक प्रमुख व्यक्ति यदि कोई भारी अपराध करे तो सम्पूर्ण जाति को उसके बुरे फल भुगतने पड़ते हैं। इसी प्रकार कालिदास के 'रघुवंश' का भी एक सन्देश है, जिसने उसे साहित्य में इतना ऊँचा स्थान प्राप्त कराया है। उसे मैं 'रघुवंश' का लक्ष्यबिन्दु कहता हूं। 'रघुवंश' में कालिदास

ने रघुवंशरूपी सूर्य के उदय और अस्त की गाथा गाई है। महाराज दिलीप ने गुरु वसिष्ठ के आदेशानुसार जो तपश्चर्या की, उसका फल प्रतापी रघु के रूप में प्रकट हुआ। दिलीप ने इक्ष्वाकुकुल की पद्धति के अनुसार सौ यज्ञ किए, चिरकाल प्रजा का पालन किया और वृद्धावस्था आने पर रघु के कन्धों पर राज्यभार डालकर अरण्य का आश्रय लिया।

रघु ने अपने प्रताप से पिता के प्रताप का भी अतिक्रमण कर दिया। उसने दिग्विजय करके चक्रवर्ती राज्य की स्थापना की। चक्रवर्ती राजा होने के कारण यह सम्राट्-पद का अधिकारी बन गया।

रघु का पुत्र अज भी परम प्रतापी राजा था। दशरथ भी उसके अनुरूप ही हुआ। रघुवंश के राजा विद्वान्, धार्मिक और प्रतापी होने के कारण वंश के यश और प्रताप को दिगन्तव्यापी बनाने में समर्थ हुए।

राम तो असाधारण महापुरुष था। उसका स्थान न केवल रघुकुल में और न केवल भारतवर्ष में, अपितु सारे संसार में अद्वितीय है। उसके उज्ज्वल चरित्र ने सम्राट् रघु के कुल की कीर्ति को अमर कर दिया।

राम के पीछे राज्य की बागडोर कुश-लव और उनके पांच अन्य भाइयों के हाथ में आई। वे भी वीर थे, परन्तु उनमें वह विशालता न थी, जो उनसे पूर्व के रघुवंशी राजाओं में विद्यमान थी। वहां से हम रघुवंश के गौरव को क्षीणता की ओर जाता देखते हैं। सब मानवी संस्थाओं और साम्राज्यों के अभ्युदय और क्षय के जो सामान्य नियम है, उनके अनुसार मध्याह्न तक पहुंचकर राघव-कुल का सूर्य भी अस्ताचल की ओर झुकने लगा।

कालिदास ने जिस सुन्दरता और विशदता से काव्य के पूर्वभाग में रघुकुल के अभ्युदय का वर्णन किया है, उत्तरभाग में भी उसी सुन्दरता और विशदता से क्षय की ओर प्रवृत्ति का वर्णन किया है। राम के पश्चात् राघवों के राज्यों में जो पहला परिवर्तन हुआ, वह यह था कि उसके एक के स्थान पर अनेक केन्द्र बन गए। कुश कुशावती में प्रतिष्ठापित हुआ। लव का शासन केन्द्र शरावती में बना। राम ने सिंधु देश का राज्य अपने भाई भरत को दे दिया था। भरत ने गन्धर्वों को परास्त करके राज्य को निष्कण्टक कर दिया, और अपने पुत्र पुष्कल को पुष्कलावती में और तक्ष को तक्षशिला में अभिषिक्त कर दिया। लक्ष्मण ने अपने अंगद और चन्द्रकेतु नाम के पुत्रों को कारापथ नामक प्रदेश का शासक बना दिया। इसी प्रकार महाराज राम के देहत्याग के साथ ही रघु द्वारा प्रतिष्ठापित विशाल साम्राज्य अनेकों टुकड़े होकर बिखर गया। परिणाम यह हुआ कि वह

राघवों की पूरी अयोध्या, जिस पर सम्पूर्ण राष्ट्र को अभिमान था, थोड़े ही समय में उजड़कर खंडहरों का ढेर बन गई।

काकुत्स्थ वंश की लाड़ली अयोध्या के उजड़ने और फिर से बसने की कहानी का वर्णन करने में कालिदास ने अपनी प्रतिभा का पूरा प्रयोग कर दिया है। जीर्ण वस्त्रोंवाली धूलि-धूसरित अयोध्या स्वप्न में कुश को दर्शन देकर अपनी कथा सुनाती है। कुश का हृदय उससे पसीज जाता है और वह राजधानी को कुशावती से उठाकर फिर अयोध्या में ले जाता है; इस प्रकार कुश अपनी भूल का सुधार कर लेता है, परन्तु साम्राज्य को राजधानी के उजड़ने से जो धक्का पहुंच चुका था, वह उसके प्रभाव को दूर नहीं कर सका। अयोध्या की आभा उसी प्रकार उतर चुकी थी जैसे एक सती-साध्वी स्त्री की आभा पति द्वारा एक बार परित्याग करके फिर से ग्रहण करने से उतर जाती है।

कालिदास ने रघुवंश के अन्तिम दो सर्गों में कुश के चौबीस उत्तराधिकारियों का उल्लेख किया है। उनमें से कुश के पुत्र अतिथि को छोड़कर अन्य कोई भी ऐसा नहीं था, जिसके विषय में कवि को दो-चार से अधिक श्लोक कहने पड़े हों। वे सब सामान्य राजा थे। नल यौवन में ही राज्य का बोझ पुत्र के कन्धों पर डालकर वैरागी हो गया। पारियात्र अत्यन्त भोग के कारण असमय में मर गया। ध्रुवसन्धि को शिकार का बहुत व्यसन था, वह शेर के हाथों मारा गया। सुदर्शन अभी सोलहवें वर्ष में ही था कि मन्त्रियों ने देश को अराजकता की आपत्ति से बचाने के लिए उसको ही सिंहासनारूढ़ कर दिया। सुदर्शन बाल्यावस्था में ही अनेक महान् पूर्वजों के सिंहासन पर आरूढ़ हो गया। यद्यपि उसकी आयु और शिक्षा अधूरी थी, तो भी कुल के प्रौढ़ संस्कारों के कारण उसने राज्य के भारी बोझ को भली प्रकार उठा लिया। इस विशेषता के कारण महाकवि ने उसे विशेष सम्मान का पद प्रदान किया है—रघुवंश में उसके सम्बन्ध में उन्नीस पद्य हैं।

सुदर्शन का राज्यकाल सामान्य रूप से सुखी और समृद्ध रहा प्रतीत होता है। जीवन के अन्तिम दिनों में राघवों की कुल प्रथा का पालन करते हुए उसने भी युवराज अग्निवर्ण का राज्याभिषेक कर दिया और स्वयं अरण्य का आश्रय लिया।

राम के पीछे कुश, और कुश के पीछे अतिथि—इन तीनों नामों को बींधती हुई यदि एक रेखा खींची जाए तो यह पर्याप्त झुकती हुई प्रतीत होगी। रेखा का यह झुकाव उनकी उत्तरवर्ती सन्ततियों में जारी रहा—वह झुकाव यहां तक पहुंचा कि जिस वंश का संस्थापक, भगवान के अनुचर कुम्भोदर सिंह के सामने खड़ा

होकर भी विचलित नहीं हुआ था, उस वंश का एक राजा शिकार के प्रसंग में, सामान्य शेर का शिकार बन गया। स्पष्ट है कि रघुकुल की वह गौरव-रेखा, जो रघु और राम के कारण सूर्य मण्डल को छू रही थी, कालान्तर में झुकती-झुकती पृथ्वी को छूने लगी थी।

ध्रुवसन्धि और सुदर्शन के समय में जो रेखा पृथ्वी को छू रही थी, सुदर्शन के अयोग्य पुत्र अग्निवर्ण के समय में वह गहरे गर्त में प्रविष्ट हो गई। अग्निवर्ण सुन्दर भी था और वीर भी, परन्तु उसमें रघु के वंश के योग्य चरित्रबल नहीं था! कुछ समय तक तो उसने शासन-कार्य में ध्यान दिया, पर शीघ्र ही उस पर प्रमाद छा गया। कवि कहता है :

सोऽधिकारमभिकः कुलोचितम्
काश्चन स्वयमवर्त्तयत्समाः।
सन्निवेश्य सचिवेष्वतः परम्
स्त्रीविधेय-नवयौवनो भवत्॥

कुछ समय तक तो अग्निवर्ण ने अपने वंश के योग्य कुशलता से राज्य का संचालन किया, उसके पश्चात् उसे कामुकता ने दबा लिया और राज्य का कार्य मन्त्रियों पर डाल उसने अपना यौवन स्त्रियों को अर्पण कर दिया।

जब कृषक खेत की रक्षा छोड़कर विषय-भोग में पड़ जाये तो जैसे जंगली पशु खेत को खा जाते हैं, राजा के कर्तव्यच्युत होने पर राष्ट्र की भी वैसी ही दशा हो जाती है; राजा तो नष्ट हो ही जाता है। अग्निवर्ण के पतन ने उसके राज्य को भी दुर्दशाग्रस्त कर दिया। उसकी अपनी गति तो वही हुई जो विषयलम्पट व्यक्तियों की हुआ करती है। कवि ने उसका वर्णन निम्नलिखित पद्य में किया है—

तस्यपाण्डुवदनाल्पभूषणा।
सावलम्बगमना मृदुस्वना।
राजयक्ष्मपरिहानिराययौ
कायमानसमवस्थया तुलाम्॥

उसे राजयक्ष्मा रोग ने ग्रस लिया, इस समाचार से राज्य-भवन में मुर्दनी छा गई। राजा के कोई सन्तान न थी। मन्त्रियों ने कुछ समय तक प्रजाजनों को यह कहकर आश्वासन देने का यत्न किया कि राजा पुत्र की प्राप्ति के लिए जपादि कर रहा है, परन्तु मिथ्या आश्वासन कब तक चल सकता था! एक ओर रोग और दूसरी ओर सन्तान के अभाव की चिन्ता—दोनों ने अग्निवर्ण को अकाल

में ही मृत्यु का ग्रास बना दिया। वह राघवों के राजसिंहासन को उत्तराधिकारी से शून्य छोड़कर संसार से विदा हो गया।

इस प्रकार जो यशस्वी वंश दिलीप की तपस्या, रघु के पराक्रम और राम के लोकोत्तर व्यक्तित्व के कारण मध्याह्न के सूर्य की भांति दसों दिशाओं में देदीप्यमान हो गया था, वह ध्रुवसंधि जैसे व्यसनी और अग्निवर्ण जैसे विषयलम्पट उत्तराधिकारियों के प्रभाव से अस्ताचलोन्मुख होकर अन्तरिक्ष में विलुप्त हो गया। यही संसार के शासकों के लिए महाकवि कालिदास का अमर सन्देश है।

कालिदास विक्रमादित्य का समकालीन था। वह विक्रमादित्य किस शताब्दी का विक्रमादित्य था? उसका नाम केवल विक्रमादित्य अथवा वह चन्द्रगुप्त विक्रमादित्य अथवा कुमारगुप्त विक्रमादित्य था? इन प्रश्नों की उलझन में न पड़कर भी इतिहास का विद्यार्थी इस परिणाम पर पहुंच सकता है कि 'रघुवंश' के निर्माता महाकवि कालिदास ने अपना काव्य जिस समय लिखा, उस समय भारत पर विक्रमादित्य पदवीधारी एक प्रतापी राजा राज्य करता था। कालिदास उस राजा का सम्मानित राजकवि था। यह कोई असंभव बात नहीं कि कालिदास ने अपने मित्र और संरक्षक विक्रमादित्य और उसके वंशजों को शिक्षा और चेतावनी देने के लिए 'रघुवंश' महाकाव्य की रचना की हो। 'रघुवंश' के पाठ से महान् से महान् शासक और प्रतापी से प्रतापी विजेता भी शिक्षा ग्रहण कर सकता है। राज्यों और राजवंशों के भवन तपस्या, सेवाभाव और वीरता की नींव पर खड़े होते हैं और प्रमाद, लम्पटता और कायरता के आघातों से जर्जरित होकर नष्ट हो जाते हैं–'रघुवंश' के पाठ से हमें यही सन्देश प्राप्त होता है।

–इन्द्र विद्यावाचस्पति

क्रम

तपोवन की यात्रा

रघुवंश के संस्थापक यशस्वी रघु के पिता महाराज दिलीप ने पृथ्वी के सबसे प्रथम सम्राट् वैवस्वत मनु के उज्ज्वल वंश में जन्म लिया था। दिलीप बहुत बलवान और तेजस्वी राजा था, मानो साक्षात् क्षात्र धर्म का अवतार हो। वह जैसा बलवान था, वैसा ही बुद्धिमान, विद्वान् और कर्मशील था। प्रजा उसे पिता के समान मानती थी। विरोधी और आततायी उसके दंड से डरते थे। समुद्र-रूपी खाई से घिरे हुए पृथ्वी-रूपी किले का वह इस सुगमता से शासन करता था, मानो एक नगरी का शासन कर रहा हो।

जैसे यज्ञ की संगिनी दक्षिणा है, उसी प्रकार राजा दिलीप के साथ अटूट सम्बन्ध से बंधी हुई रानी सुदक्षिणा थी, जिसने मगधवंश में जन्म लिया था। राजा को अन्य सब सुख प्राप्त थे, केवल सन्तान का सुख नहीं था। सन्तान की प्राप्ति के लिए अनुष्ठान करने का विचार करके राजा ने राज्य की देख-रेख का भार मन्त्रियों के कन्धों पर डाल दिया और महारानी को साथ ले गुरु वसिष्ठ के आश्रम की ओर प्रयाण किया। सुसज्जित रथ में बैठे हुए राजा और रानी ऐसे शोभायमान हो रहे थे, जैसे घने सावन के बादल में बिजली और बरसाती पवन शोभा पाते हैं। उनकी आश्रम-यात्रा बहुत ही मनोरंजक और मंगलसूचक रही। फूलों के पराग को चारों दिशाओं में बिखेरने वाला, साल के रस से सुगन्धित सुखकारी वायु उनकी सेवा कर रहा था। मोरों की षडज के सदृश स्वरवाली केकाएं उनके कानों को आनन्दित कर रही थीं और हरिणों के जोड़े रास्ते के समीप ही खड़े होकर उनकी ओर निहार रहे थे। उन हरिणों की आंखों में राजा और रानी एक-दूसरे की आंखों की छवि देखकर प्रसन्न हो रहे थे। मार्ग में अहीर-बस्तियों के जो मुखिया लोग, ताजे मक्खन की भेंट लेकर उपस्थित होते थे, उनसे वे दोनों जंगली वनस्पतियों के नाम पूछते थे। इस प्रकार मार्ग के सुन्दर दृश्य देखते हुए महारानी सुदक्षिणा और महाराज दिलीप दिन छिपने के समय महर्षि वसिष्ठ के आश्रम में पहुंच गए।

वसिष्ठ मुनि के आश्रम में उस समय सन्ध्याकाल की चहल-पहल थी। तपस्वी लोग समिधा, कुशा और फल इकट्ठे करके जंगल से लौट रहे थे; ऋषि पत्नियों द्वारा बिखेरे हुए अन्न से खिंची हुई मृगों की टोलियां कुटियों के दरवाजों पर इकट्ठी हो रही थीं, मुनि कन्याएं आश्रम-वृक्षों को सींचकर दूर हट गई थीं; ताकि पक्षी निर्भय होकर थामलों में से पानी पी सकें। होम से उठा हुआ धुआं बाहर से आनेवाले अतिथियों को पवित्र कर रहा था।

आश्रम में पहुंचने पर राजा दिलीप ने सारथि को आज्ञा दी कि घोड़ों को आराम दो। वे स्वयं रथ से उतर गए और फिर रानी को उतार लिया। सभ्यता के नियमों से परिचित तपस्वी लोगों ने सपत्नीक राजा का यथोचित आदर-सत्कार किया। जब ऋषि वसिष्ठ सायंकाल के सन्ध्योपासना से निवृत्त हो गए, तब राजा और रानी उनकी सेवा में उपस्थित हुए। ऋषि के समीप उस समय उनकी पत्नी अरुन्धती विराजमान थी, मानो स्वाहा यज्ञ की अग्नि के समीप विराज रही हो। राजा और राजपत्नी ने ऋषियुगल के चरणों में सिर झुकाकर प्रणाम किया। ऋषियुगल ने उन्हें आशीर्वाद दिया।

ऋषि को जब यह सन्तोष हो गया कि अतिथि-पूजा से राज-युगल की थकान उतर गई है, तब उन्होंने राज्य के कुशल-क्षेम के सम्बन्ध में प्रश्न किए। राजा ने उत्तर दिया—हे गुरो, आपके प्रसाद से राज्य में सब कुशल है। आपके मन्त्रबल ने मेरे तीरों को व्यर्थ-सा सिद्ध कर दिया है। आपके यज्ञों में, अग्निकुण्ड में डाला हुआ हवि मेघों से जल बनकर बरस जाता है, जिससे सदा सुभिक्ष बना रहता है। मेरी प्रजा सौ साल तक जीती है और निर्भय होकर रहती है। यह आपके ब्रह्मतेज का ही फल है। यह सब कुछ होते हुए भी, हे, गुरुवर, रत्नों को पैदा करने वाली यह द्वीप-सहित भूमि मेरे मन को संतुष्ट नहीं कर सकती, क्योंकि आपकी इस बहू की गोद संतान-रूपी रत्न से शून्य है। भविष्य में कुल की लता को कटता देखकर मेरे पूर्वपुरुष अवश्य ही परम दुःखी होते होंगे, और मेरी अर्पित जलांजलि उनके मुख में जाने से पूर्व ही चिन्ता के निश्वासों से कुछ गर्म हो जाती होगी। जैसे स्नान रहित हाथी को चुभनेवाला खूंटा कष्ट देता है, सन्तान न होने से पितृऋण का सन्ताप मुझे उसी प्रकार तपा रहा है। हे तात, जिस विधि से मैं पितृऋण से मुक्त हो सकूं, वह कीजिए। इक्ष्वाकुवंश के लोग प्रत्येक कठिनाई की नदी को आपके विधान से ही पार करते रहे हैं।

राजा के वचन सुन ऋषि क्षण-भर आंखें मूंदकर ध्यान में मग्न रहे, मानो किसी तालाब में सब मछलियां सो गई हों। ध्यानावस्था में ऋषि ने जो कुछ देखा, वह राजा को बतलाते हुए कहा :

हे राजन्! एक बार देवराज इन्द्र से मिलकर जब तुम स्वर्ग से पृथ्वी की ओर आ रहे थे, सुरभि गौ कल्पतरु की छाया में विश्राम कर रही थी। रानी ऋतुस्नाता है, इस विचार से तुम घर आने की जल्दी में थे, और पूजा के योग्य सुरभि की उपेक्षा करके चले आए। सुरभि ने इस तिरस्कार से रुष्ट होकर तुम्हें शाप दिया कि जब तक तुम मेरी सन्तान की आराधना न करोगे, तब तक तुम्हारे सन्तान न होगी। आकाशगंगा के ठाठें मारते हुए जल-प्रवाह में दिग्गज स्नान कर रहे थे, जिनके शोर के कारण सुरभि का शाप न तुमने सुना और न तुम्हारे सारथि ने। जो पूजा के योग्य हैं, उनका तिरस्कार करने से मनुष्य के सुखों का द्वार बन्द हो जाता है। तुम्हारी इच्छाओं के द्वार की सांकल बन्द होने का भी यही कारण हुआ। सुरभि आजकल प्राचेतस् के यज्ञ के निमित्त पाताल में गई है। उसकी पुत्री हमारे इस आश्रम में विद्यमान है। तुम और तुम्हारी पत्नी उसे सेवा से सन्तुष्ट करो, तुम्हारी इच्छा अवश्य पूर्ण होगी।

ऋषि के वाक्य अभी समाप्त भी न हुए थे कि वन से लौटती हुई नन्दिनी नाम की सुन्दर-स्वस्थ गौ सामने आ गई। नन्दिनी का रंग नई कोंपल के समान चिकना और लालिमा लिए हुए था। उसके माथे पर सफेद रोएं का टीका ऐसे शोभायमान हो रहा था, जैसे सन्ध्याकाल के आकाश पर चन्द्रमा। बछड़े को देखकर स्वयं टपकनेवाले पावन दूध की धार से वह कुण्डोध्नी पृथ्वी को पवित्र कर रही थी। उसके खुरों से उठने वाले रज के रेणुओं से स्नान करके राजा ने मानो तीर्थस्नान कर लिया। ऋषि ने नन्दिनी के उस समय के दर्शन को मनोरथ-सिद्धि के लिए कल्याणकारी जानकर राजा से कहा :

हे राजन्, नाम लेते ही यह कल्याणी सामने आ गई, इससे तुम अपना मनोरथ पूरा हुआ मानो। जैसे विद्या को अभ्यास से प्रसन्न किया जाता है, इसी प्रकार वनवासियों-सा रहन-सहन करके निरन्तर सेवा द्वारा नन्दिनी को प्रसन्न करो। इसके चलने पर चलो, ठहरने पर ठहरो, बैठने पर बैठो और जल पीने पर जल पीयो। बहू को भी चाहिए कि इसकी पूजा करे। वन जाने के समय कुछ कदम तक छोड़ने जाए और वापस आने पर कुछ कदम आगे बढ़कर स्वागत करे। जब तक यह प्रसन्न न हो तब तक हे राजन्, तुम इसकी सेवा करो। तुम्हारी इच्छा पूर्ण होगी और तुम्हारा कुल अविच्छिन्न रहेगा।

राजा ने सिर झुकाकर गुरु के आदेश को स्वीकार किया। इस बातचीत में रात हो गई थी। मधुर सत्य बोलनेवाले उस ऋषि ने प्रजाओं के पालक दिलीप को सोने की आज्ञा देते हुए ऐसा प्रबन्ध कर दिया कि राजा का रहन-सहन वनवासियों के सदृश हो जाए। राजा और रानी, कुलपति द्वारा बतलाए हुए झोंपड़े में कुशों की सेज पर रात-भर सोए। प्रातःकाल होने पर आश्रम के छात्रों के वेदपाठ से उनकी नींद खुली।

दिलीप की तपश्चर्या

प्रातःकाल होने पर रानी सुदक्षिणा ने नन्दिनी का गन्ध और माला से सत्कार किया जब बछड़ा दूध पीकर बांधा जा चुका, तब तपस्वी राजा ने गौ को खूंटे से खोल दिया। जैसे स्मृति-ग्रंथ वेदों का अनुसरण करते हैं, उसी प्रकार नन्दिनी के खुरों के स्पर्श से पवित्र वनमार्ग पर, महारानी भी पीछे-पीछे चलीं। दयावान् राजा ने पत्नी को वन जाने से रोककर नन्दनी की रक्षा का बोझ अपने कन्धों पर लिया, मानो चार स्तनरूपी समुद्रोंवाली पृथ्वी की रक्षा का बोझ संभाला हो। राजा को वन की ओर जाते देखकर राजपुरुष भी पीछे-पीछे चलने लगे। राजा ने उन्हें रोक दिया क्योंकि मनु की सन्तान दूसरे से रक्षा नहीं चाहती, अपने बाहुबल पर ही भरोसा रखती है। वन में सम्राट् ने नन्दिनी के भोजन के लिए स्वादु-स्वादु घास एकत्र की, खुजली होने पर खुजलाया, जंगली दंशों को हटाया और रास्ते की रुकावटों को दूर करके इच्छानुसार घूमने का मार्ग साफ किया। जब नन्दिनी ठहरती, तब राजा भी ठहर जाता, जब वह चलती तो चलने लगता; जब नन्दिनी बैठ जाती, तब राजा बैठ जाता, और जब वह जल पीती, तब जलपान करता था। इस प्रकार राजा छाया के समान उसके साथ-साथ चलता था। जैसे जब गजराज के कपोलों से मदन चू रहा हो, तब भी डीलडौल के कारण उसकी गजराजता का अनुमान लगाया जा सकता है, उसी प्रकार सब राजसी ठाठ का परित्याग कर देने पर भी, चेहरे के तेज से राजा का राजपन साफ-साफ झलक रहा था। लताओं से केशों का जूड़ा बांधे हुए मुनिवेश में वह नरपति, मुनि की होम-धेनु की रक्षा के बहाने हिंसक जन्तुओं को नियन्त्रण में लाने के लिए जंगल में घूम रहा था। सब सेवकों का विसर्जन कर देने के कारण बिल्कुल एकाकी, वह वरुण देवता के समान ओजस्वी राजा, जिस मार्ग से निकला था, उसके दोनों ओर लगे वृक्ष चहचहाते पक्षियों के शब्दों से उसका जय-जयकार करते थे। वृक्षों पर चढ़ी हुई कोमल लताएं

पवन-रूपी हाथों से अग्निसमान तेजस्वी दिलीप पर पुष्पवर्षा कर रही थीं, मानो नगर की कन्याएं अपने घरों की अटारियों से लाजों की वर्षा कर रही हों। खोखले बांसों में तारस्वर से गूंजते हुए पवन की ध्वनि द्वारा वनदेवता उसके यश का गान कर रहे थे। हिमालय की गोद में बहनेवाली नदियों के तुषार के स्पर्श से शीतल और वृक्षों के फूलों के सम्पर्क से सुगन्धित पवन, छाते के बिना धूप में भ्रमण करते हुए राजा की थकान को उतार रहा था। दिन व्यतीत हो जाने पर, अपने परिभ्रमण से दिशाओं को पवित्र करके, कोंपल के समान, तांबे जैसी रंगवाली सन्ध्या और मुनि की गौ घर की ओर लौटी। जिसके दूध से देवता, पितृगण और अतिथियों को सन्तुष्ट किया जाता था, राजा उस पवित्र गौ के पीछे-पीछे चला। नन्दिनी पीछे चलनेवाले राजा से ऐसे शोभायमान हो रही थी, जैसे श्रद्धा विधिपूर्वक किए गए अनुष्ठान से शोभायमान होती है। उस समय जंगली सूअर जोहड़ों में से निकल रहे थे, मयूर अपने डेरों की ओर जा रहे थे, और हरिण दिन के भ्रमण से लौटकर हरे मैदानों में विश्राम कर रहे थे। दूध से भरे हुए स्तनों के कारण नन्दिनी और शरीर के विशाल डीलडौल के कारण राजा दिलीप, दोनों ही ऐसी शानदार चाल चल रहे थे कि आश्रम के मार्ग की शोभा दस गुनी हो गई थी।

वसिष्ठ की गौ के पीछे-पीछे आते हुए भर्ता को रानी अत्यन्त प्यासे नेत्रों से देर तक एकटक निहारती रही। आगे राजा, पीछे रानी और बीच में नन्दिनी—आश्रम में इस क्रम से जब वे तीनों पहुंचे, तो ऐसा प्रतीत होता था, मानो दिन और रात के मध्य में सन्ध्या पधार रही हो। ठिकाने पर पहुंचकर सुदक्षिणा ने अक्षतों का पात्र हाथ में लेकर नन्दिनी की प्रदक्षिणा की, फिर प्रणाम किया और अन्त में फल-सिद्धि के द्वार के सदृश शृंगों के मध्यस्थान की पूजा की। नन्दिनी बछड़े के लिए उत्सुक थी, तो भी उसने शान्तभाव से पूजा ग्रहण कर ली, इससे राजा-रानी बहुत प्रसन्न हुए। भक्तिपूर्वक उपासित हुए प्रार्थियों के प्रति ऐसे पावन व्यक्तियों की प्रसन्नता के चिह्न पहले ही प्रकट हो जाते हैं

इसी प्रकार राजा की दिनचर्या चलने लगी। वह रात को नन्दिनी के सो जाने पर सोता, प्रातः उठने पर उठता और दिन चढ़ने पर नन्दिनी के पीछे-पीछे धनुष हाथ में लेकर जंगल चला जाता। सम्राट् और सम्राज्ञी को यह व्रत पालन करते हुए इक्कीस दिन व्यतीत हो गए।

एक दिन नन्दिनी अपने सेवक के भाव की परीक्षा करने के लिए गंगा के प्रपात के समीप हरे-हरे घास से सुशोभित हिमालय की गुफा में घुस गई। कोई हिंसक प्राणी भी मुनि की यज्ञ-धेनु का कुछ नहीं बिगाड़ सकता, इस भावना से

राजा बिल्कुल निश्चिन्त था और पर्वत की शोभा निहार रहा था कि एक शेर ने धेनु को धर दबाया। उसका आर्तनाद गुफा से प्रतिध्वनित होकर गूंज उठा, जिसने हिमालय में लगी हुई राजा की दृष्टि को मानो रासों से पकड़ कर अपनी ओर खींच लिया। धनुर्धारी दिलीप ने देखा कि उस पाटल गौ के समीप केशरी शेर खड़ा है, मानो तांबे के रंग की चट्टान पर लोध्र का पेड़ खिला हुआ हो। शेर के समान चालवाले राजा के मन में शेर के इस अविनय से अत्यन्त ग्लानि उत्पन्न हुई और उसका हाथ स्वभाव से तूणीर से तीर निकालने के लिए बढ़ा। परन्तु राजा ने दुःख और आश्चर्य से अनुभव किया कि उसका दायां हाथ नख की प्रभा से रंगे हुए तीर की केरी पर पहुंचकर रुक गया—ऐसा गतिहीन हो गया मानो किसी चित्र का अंग हो।

क्रोध से भरे हुए फणियर सांप की जो दशा मन्त्र और औषधि द्वारा काटने की शक्ति को रोक देने पर हो जाती है—भुजा के शक्तिहीन हो जाने पर राजा की वही दशा हो गई। वह भड़के हुए तेज से अन्दर ही अन्दर जलने लगा। बलिष्ठ हाथ के रुक जाने के कारण क्रोध और आश्चर्य में पड़े हुए राजा के आश्चर्य को और बढ़ाता हुआ सिंह मनुष्य की भाषा में कहने लगा—

हे राजन्, अपना हाथ तूणीर से हटा लो। यदि तुम तीर चला दोगे, तो भी वह यहां व्यर्थ ही जाएगा। जो वायु का झोंका पेड़ को जड़ से उखाड़कर फेंक देता है, वह चट्टान से टकराकर व्यर्थ हो जाता है। तुम मुझे साधारण शेर मत समझो। कैलास पर्वत के समान सफेद वृषभ पर बैठने के समय, भगवान शंकर मेरी पीठ को पादयान बनाकर पवित्र करते हैं। मेरा नाम कुम्भोदर है, मैं भगवान का सेवक हूं। यह जो देवदारु का वृक्ष सामने दिखाई दे रहा है, इसे मेरे स्वामी ने अपना बच्चा माना हुआ है। माता पार्वती ने सोने के कलश से पानी देकर इसे ऐसे पाला है, जैसे छाती के दूध से बच्चे को पाला जाता है। एक बार एक जंगली हाथी ने पीठ खुजलाकर इसकी छाल उतार दी थी। उससे मां को ऐसा दुःख हुआ मानो सेनापति कुमार को असुरों के अस्त्रों ने घायल कर दिया हो। तभी से स्वामी ने मुझे इस वृक्ष की रखवाली पर नियुक्त कर दिया है। और यह नियम बना दिया है कि जो शिकार यहां स्वयं आ जाये, उसी से अपना पेट भरता रहूं। जैसे राहू को तृप्ति के लिए चन्द्रमा का अमृत प्राप्त होता है, आज परमेश्वर ने उसी प्रकार मेरी भूख का निवारण करने के लिए यह बलि भेजने की कृपा की है। हे राजन्, जिसकी रक्षा करनी हो, यदि यत्न करने पर भी शस्त्रों से उसकी रक्षा न हो सके तो अस्त्रधारी को दोष नहीं दिया जा सकता। तुम लज्जा मत

करो। तुमने गुरु के प्रति अपनी भक्ति प्रकट कर दी, अब तुम घर लौट जाओ।

महाराज ने जब पशुओं के सम्राट के प्रगल्भ वचनों से यह जाना कि भगवान् शंकर के प्रभाव ने उसके हाथों और शस्त्रों की शक्ति को क्षीण कर दिया है, तो उसके मन में अपने प्रति जो ग्लानि का भाव उत्पन्न हुआ था, वह हल्का हो गया। राजा ने सिंह से कहा—

हे मृगेन्द्र, मेरा हाथ शंकर के प्रभाव से रुक गया है, इस कारण मैं जो कुछ कहना चाहता हूं, उसे सुनकर शायद तुम हँस पड़ोगे। परन्तु तुम तो प्राणियों के मन की बात भी जानते हो, तब कहने में ही क्या हानि है! सृष्टि की रचना, रक्षा और संहार करने वाले भगवान के सामने मैं सिर झुकाता हूं, परन्तु मैं गुरु के यज्ञ के साधनभूत इस गोधन को नष्ट होता भी तो नहीं देख सकता। सो हे वन के स्वामी! अपनी भूख की मेरे शरीर से निवृत्ति कर लो। सन्ध्या के समय महर्षि की इस धेनु का बछड़ा अपनी मां की बाट जोह रहा होगा, इसे छोड़ दो।

देवाधिदेव का सेवक राजा दिलीप की बात सुनकर कुछ हँसकर कहने लगा। बोलते समय उसके बड़े-बड़े दांतों की सफेद किरणों से गुफा का अन्धकार नष्ट हो रहा था। उसने कहा—

पृथ्वी पर तुम्हारा एकछत्र राज्य है, चढ़ती जवानी है और सुन्दर शरीर है। छोटी-सी बात के लिए सब कुछ त्याग देने का संकल्प प्रकट करते हुए तुम मुझे नासमझ-से प्रतीत होते हो। यदि तुम दया के कारण अपनी बलि दे रहे हो तो सोचो कि तुम्हारे मरने से केवल एक गौ बचेगी, और जीवित रहोगे तो चिरकाल तक सम्पूर्ण प्रजा की, पिता के समान आपत्तियों से रक्षा कर सकोगे। हो सकता है कि तुम्हें गुरु के अग्नि-समान क्रोध से डर लगता हो। उसका निवारण तुम करोड़ों दुधारु गौओं का दान करके कर सकते हो। अतः तुम्हें उचित है कि अपने निरन्तर सुखी और स्वस्थ शरीर की रक्षा करो, क्योंकि पृथ्वी के चक्रवर्ती राज्य और स्वर्ग के राज्य में केवल पृथ्वी को छूने का भेद है, अन्यथा दोनों एक समान हैं।

केसरी इतना कहकर चुप हो गया तो प्रतिध्वनि द्वारा मानो गुफा ने भी उसके कथन का अनुमोदन किया। राजा उसका उत्तर देने लगा तो उसने देखा कि मुनि की गौ बहुत कातर आंखों से उसकी ओर एकटक निहार रही है। राजा ने कहा—क्षत्रिय उसे कहते हैं जो प्रहार से निर्बल की रक्षा करे। मैं तुमसे नन्दिनी की रक्षा न कर सका, ऐसी दशा में अपने कर्तव्य से हीन और निन्दा से संकलित प्राणों को बचाकर क्या करूंगा? तुम कहते हो मैं बहुत-सी अन्य धेनुओं की भेंट देकर गुरु को संतुष्ट कर दूं। यह नन्दिनी गौ सुरभि के बराबर महत्त्व रखती है।

असख्य गौएं भी इसकी बराबरी नहीं कर सकतीं। यदि तुम्हें भगवान् रुद्र का सहारा न हंता, तो तुम इस प्रहार न कर सकते। सो हे मृगेन्द्र! मैं अपने शरीर को मूल्यरूप में देकर तुमसे इसे खरीदना चाहता हूं। यह न्याय की बात है, क्योंकि इससे तुम्हारी भूख भी मिट जाएगी, और मेरे गुरु का यज्ञ भी खंडित न होगा। तुम्हीं सोचकर देखो, भगवान की आज्ञा को मानकर तुम प्राणपण से इस देवदारु के पेड़ की रक्षा कर रहे हो। क्या इसी प्रकार गुरु की यज्ञधेनु की रक्षा में जीवन की बाजी लगा देना मेरा कर्तव्य नहीं है? मेरे जैसे व्यक्ति धर्म के सामने अपने हाड़-चाम के पिण्ड का कोई दाम नहीं समझते। यदि तुम्हारे हृदय में मेरे प्रति दया का भाव उत्पन्न हुआ है, तो उसका प्रभाव मेरे यशरूपी शरीर की ओर प्रवाहित करो। सज्जनों की मैत्री का जन्म आपस की बातचीत से ही हो जाता है। वह हम दोनों में हो चुका—इस कारण हे भगवान् शंकर के सेवक, मेरी पहली इच्छा का तिरस्कार न करो। मुझे कलेवा बनाकर ऋषि की धेनु को छोड़ दो। सिंह ने उत्तर में कहा—बहुत अच्छा! उस समय राजा ने अनुभव किया कि उसके हाथों पर जो प्रतिबन्ध लगा था, वह हट गया। राजा ने अपने हथियार रख दिए, और मांस के पिण्ड के समान अपने निश्चेष्ट शरीर को बलिदान के लिए उपस्थित कर दिया।

प्रजाओं के पिता के समान सम्राट् दिलीप सिर नीचा करके सिंह के आक्रमण की प्रतीक्षा करने लगे। राजा ने आश्चर्य से देखा कि स्वर्ग के देवता उस पर पुष्पों की वर्षा कर रहे हैं। इतने में शब्द सुनाई दिया—बेटा उठो! राजा ने आंखें उठाकर देखा तो वहां शेर का कोई चिह्न भी नहीं था। हां, मां के समान दूध बरसाती हुई नन्दिनी सामने खड़ी थी। राजा को आश्चर्य में डूबा देखकर नन्दिनी ने कहा—

हे राजन् मैंने अपनी माया के बल से तेरी परीक्षा ली है, अन्यथा, ऋषि के प्रभाव से मुझपर तो यमराज भी आक्रमण नहीं कर सकता साधारण हिंसक पशुओं की तो बिसात ही क्या है! तूने अपने गुरु के प्रति भक्ति और मेरे प्रति दया के भाव से मुझे प्रसन्न कर लिया है। हे पुत्र, तू यथेष्ट वर मांग! मैं केवल दूध नहीं देती, कामनाओं की पूर्ति भी करती हूं।

नन्दिनी के इन वचनों से आश्वासन पाकर राजा ने शक्ति द्वारा वीरता का यश फैलाने वाले अपने हाथों को जोड़कर नन्दिनी को प्रणाम किया, और वर मांगा कि सुदक्षिणा की कोख से वंश का संस्थापक पुत्र-रत्न उत्पन्न हो। ऐसा ही होगा—यह आशीर्वाद देकर नन्दिनी ने राजा को आदेश दिया कि पत्ते के दोनों

में लेकर मेरा दूध पियो; तुम्हारी कामना पूरी होगी। राजा ने निवेदन किया—मां, जैसे मैं पृथ्वी की रक्षा करके केवल उसका छठा भाग कर के रूप में लेता हूं, उसी प्रकार बछड़े और यज्ञ से बचा हुआ तुम्हारा दूध मैं ऋषि की अनुमति से ग्रहण करूंगा।

राजा के उत्तर से अत्यन्त सन्तुष्ट होकर नन्दिनी हिमालय की गुफा से निकल आश्रम की ओर रवाना हुई। आश्रम में पहुंचकर राजा ने गुरु वसिष्ठ को शुभ समाचार सुनाया। रानी सुदक्षिणा ने राजा के प्रसन्न मुख को देखकर ही सब कुछ समझ लिया था। राजा ने शुभ समाचार सुनाया, वह तो पुनरुक्तिमात्र ही हुआ। सायंकाल होने पर यज्ञ और बछड़े से बचे हुए नन्दिनी के दूध को, गुरु की आज्ञा पाकर राजा ने इस प्रकार पिया, मानो शुद्ध यश का पान कर रहा हो।

दूसरे दिन प्रातः काल ऋषि ने राजदम्पती को आशीर्वाद देकर विधिपूर्वक विदाई दी। दोनों ने पहले यज्ञाग्नि की, फिर गुरु अरुन्धती सहित गुरु वसिष्ठ की और अन्त में बछड़े-समेत नन्दिनी की प्रदक्षिणा की। अपने पूर्ण हुए मनोरथ के समान विघ्नरहित और सुखकारी रथ से वे दोनों घर की ओर चले। जैसे अमावस्या के अनन्तर अन्तरिक्ष में फिर से दिखाई देने वाले औषधियों के स्वामी चन्द्र का दर्शन किया जाता है, चिरकाल के पश्चात् प्रजाओं की भलाई के लिए की गई तपस्या से कृशकाय दिलीप (के रूप) का प्रजाजनों ने उसी प्रकार प्यासे नेत्रों से पान किया, और झंडियों से राजधानी को सजाकर अभिनन्दन किया।

महाराज सिंहासनारूढ़ होकर समुद्र-मेखला पृथ्वी का शासन करने लगे।

कुछ समय के पश्चात् जैसे अत्रि मुनि के नयनों से उत्पन्न चन्द्रमा को आकाश ने धारण किया था, जैसे अग्नि द्वारा फेंके हुए स्कन्दरूपी तेज को गंगा ने संभाल लिया था, वैसे ही रानी सुदक्षिणा ने कुल के लिए उत्कृष्ट गर्भ को धारण किया।

रघु की अग्नि-परीक्षा

कुछ दिन पश्चात् रानी सुदक्षिणा गर्भवती हुई। जैसे प्रभातकाल के समीप आने पर चन्द्रमा के प्रकाश से प्रकाशित रात्रि के आकाश पर पीलापन छा जाता है, उसी प्रकार सुदक्षिणा के चेहरे पर भी लोध्रपुष्प का-सा पीलापन आने लगा। ग्रीष्म ऋतु के सूखे हुए तालाब की मिट्टी में वर्षा की बूंदों से जो सुगन्ध उत्पन्न होती है, उसे सूंघकर जैसे जंगली हाथी प्रसन्न होता है, वैसे ही रानी के मुंह से मिट्टी की बास लेकर राजा प्रसन्न होता न थकता था। मानो रानी यह सोच रही हो कि मेरी कोख से जो राजकुमार जन्म लेगा, उसे पृथ्वी का ही तो उपभोग करना है।

यह मुझसे लज्जावश स्वयं कुछ न कहेगी, तुम बतलाओ कि यह क्या चाहती है--इस प्रकार सहेलियों से पूछ-पूछकर राजा सुदक्षिणा की इच्छाओं को तत्काल पूरा कर देता था। तीनों लोकों में ऐसी कोई वस्तु नहीं थी, जो पराक्रमी धनुर्धारी के लिए दुर्लभ हो। क्रम से सुदक्षिणा की प्रारम्भिक क्षीणता दूर होने और पूर्णता की सुन्दरता आने लगी। मानो पुराने पत्तों के झड़ जाने पर नई सुंदर कोपलें लता पर आ गई हों। राजा ने पुरोहितों से यथासमय पुंसवनादि संस्कार विधिपूर्वक कराए। दसवें मास में चिकित्सा के जानने वाले कुशल वैद्यों द्वारा गर्भपोषण की प्रक्रिया हो जाने पर, बादलों से भरे हुए अन्तरिक्ष की भांति परिपूर्ण पत्नी को देख कर राजा ने अत्यन्त प्रसन्नता का अनुभव किया।

अच्छे मुहूर्त में, जब पांचों ग्रह अनुकूल थे, शची-समान राजपत्नी ने पुत्ररत्न को उसी प्रकार जन्म दिया, जैसे प्रभाव, उत्साह और मंत्रणा से सम्पन्न शक्ति अनश्वर सम्पत्ति को जन्म देती है। उस समय दिशाएं खिल उठीं, सुखकारी पवन बहने लगा, यज्ञाग्नि चारों ओर लपटों को फैलाकर यज्ञ की सामग्री गहण करने लगी--इस प्रकार उस क्षण में सभी कुछ कल्याण की सूचना देने लगा। ऐसे महापुरुषों

का जन्म संसार के लिए ही होता है। जिस समय सूतिकागृह में उस नवजात को बिस्तर पर लिटाया गया तो उसके उग्र तेज के सामने रात के समय जलने वाले दीपक मन्द पड़ गए, मानो दीवार पर दीपकों के केवल चित्र बने हुए हों महलों से आकर जिन परिचारकों ने पुत्र जन्म का शुभ समाचार सुनाया, महाराज ने उन्हें चन्द्र के समान उज्ज्वल राजच्छत्र और शाही चामरों को छोड़कर अन्य जो कुछ भी उन्होंने मांगा, देने में संकोच नहीं किया। जिस समय राजा दिलीप ने पुत्र के चन्द्र-समान सुंदर मुख को एकटक दृष्टि से देखा, उस समय उसके हृदय-रूपी सागर में प्रसन्नता का तूफान-सा उमड़कर किनारे की सीमा को पार कर रहा था। ऋषि वसिष्ठ ने वन से आकर कुमार के जातकर्म-सम्बन्धी सब संस्कार विधिपूर्वक कराए। जिस प्रकार खान में से निकले हुए रत्न को पत्थर पर घिसने से आभा बढ़ती है, संस्कारों से कुमार की आभा भी उसी प्रकार उत्तरोत्तर वृद्धि पाने लगी। उस अवसर पर, केवल सम्राट दिलीप के घर पर ही नहीं, अपितु देवताओं के विहार-स्थान अन्तरिक्ष में भी मंगलमय मधुर बाजे बजने लगे और अप्सराएं प्रसन्नता से नृत्य करने लगीं। प्रायः राजा लोग ऐसे उत्सवों पर कैदियों को छोड़ देते हैं, पर उसके राज्य में तो कोई कैदी ही नहीं था। हां, वह स्वयं ही अपने पूर्व-पुरुषों के विद्यमान पितृऋण से मुक्त हो गया। 'रघु' शब्द का अर्थ है—जाने वाला। यह बालक विद्यारूपी समुद्र को पार करे और शत्रुओं के अन्त तक जा पहुंचे—इसी संकल्प से राजा ने उसका नाम 'रघु' रखा। जिस प्रकार शिव और पार्वती कुमार के जन्म से तथा इन्द्र और शची जयन्त के जन्म से प्रसन्न हुए थे, दिलीप और सुदक्षिणा भी रघु के जन्म से उसी प्रकार प्रसन्न हुए। उन दोनों का चकवा-चकवी का-सा हार्दिक प्रेम, जो पहले ही बहुत गहरा था, पुत्र में एकत्र होकर और भी अधिक गहरा हो गया। रघु चन्द्रमा की कलाओं की भांति प्रतिदिन वृद्धि पाने लगा। पहले वह धाय की अंगुली पकड़ कर चलने लगा और उसके अनुकरण में शब्द बोलने लगा, फिर अपने समान आयु वाले अमात्य-पुत्रों के साथ मिलकर लिपि सीखने लगा। जैसे नदीरूपी मुख से अनेक प्रकार के पदार्थ समुद्र में पहुंच जाते हैं, उसी प्रकार लिपि द्वारा रघु ने भी विद्या रूपी महासमुद्र में प्रवेश किया। कुछ समय पीछे उसका यज्ञोपवीत संस्कार हुआ, जिसके पश्चात् गुरुजनों ने उसे विधिपूर्वक शिक्षा देना आरम्भ कर दिया।

रघु ने बड़े परिश्रम से अध्ययन किया। जैसे सूर्य अपनी किरणों के बल से चारों दिशाओं को पार कर लेता है, वैसे रघु ने भी बुद्धिबल से समुद्र के समान विस्तीर्ण चारों विद्याओं को पार कर लिया। अस्त्र-शिक्षा तो उसने अपने पिता

से ही प्राप्त की। ब्रह्मचारियों के योग्य मृगछाला पहनकर वह पिता से ही शस्त्रास्त्र-विद्या सीखता था, क्योंकि उसका पिता केवल पृथ्वी का प्रमुख शासक ही नहीं था, वह सर्वोत्कृष्ट धनुर्धारी भी था। धीरे-धीरे रघु के बचपन से यौवन फूटने लगा, जिससे उसका शरीर सुन्दर और गम्भीर दिखाई देने लगा—मानो बछड़ा विशाल बैल की पदवी को छू रहा हो, मानो हाथी का बच्चा गजराज के रूप में परिणत हो रहा हो। समय अनुकूल देखकर राजा ने रघु का दीक्षान्त-संस्कार किया, और विधिपूर्वक विवाह कर दिया। अब तो रघु की कलाएं प्रतिदिन बढ़ने लगीं। जब उसका जवानी से भरा हुआ शरीर लम्बे और बलिष्ठ बाहु, उभरे हुए कंधे और विशाल वक्षस्थल दृष्टिगोचर होते थे, तब दिलीप का शरीर छोटा प्रतीत होने लगता था। परन्तु जब रघु की आंखों पर दृष्टि पड़ती थी, तब वे पिता के सामने सदा झुकी हई दिखाई देती थीं। उचित अवसर देखकर, सम्राट् दिलीप ने अपने कन्धों का बोझ हल्का करने के लिए रघु को युवराज के पद से विभूषित कर दिया। इससे उसकी शक्ति और भी अधिक असह्य हो गई, मानो अग्नि को वायु की सहायता मिल गई हो, मानो बादलों के हट जाने से सूर्य का तेज चमक उठा हो और मानो गण्डस्थल से मद फूट पड़ने के कारण हाथी का बल बढ़ गया हो।

चक्रवर्ती आर्य राजाओं की पद्धति का अनुकरण करते हुए, रघु को युवराज के पद पर नियुक्त करके सम्राट् दिलीप ने सौ अश्वमेध यज्ञ करने का संकल्प किया। अश्व की रक्षा का कार्य युवराज रघु और उसके अनुयायी राजपुत्रों की सेना को सौंपकर राजा यज्ञ करने में संलग्न हो गया। इस प्रकार निन्यानवे अश्वमेध यज्ञ बिना किसी विघ्न-बाधा के पूरे कर लिए। जब सौंवी बार अश्वमेध का घोड़ा दिग्विजय के लिए निकाला तो युवराज और उसके धनुर्धारियों ने आश्चर्य से देखा कि अकस्मात् उनके सामने से घोड़ा लुप्त हो गया है। कुमार की सेना घबराकर रुक गई। कुमार भी किंकर्तव्यविमूढ़ हो गया। उसी समय नन्दिनी धेनु मानो कुमार के संकट को टालने के लिए वहां आ पहुंची। रघु ने उसे दैवी संदेश समझकर नन्दिनी के अंगजल से अपनी आंखों को धो डाला। धोने पर उसकी आंखें परोक्ष को देखने लगीं, जिससे उसने क्या देखा कि स्वयं स्वर्ग के राजा इन्द्र यज्ञ के घोड़े को लिए जा रहे हैं। घोड़ा बार-बार छूटने की चेष्टा कर रहा है और इन्द्र का सारथि उसे रोक रहा है। हरे रंग के सौ घोड़ों और सौ चक्षुओं वाले देवराज को कुमार ने आसानी से पहचान लिया, और आकाश-मण्डल को गुंजा देने वाले गम्भीर स्वर से उन्हें मानो पीछे लौटाते हुए कहा—

हे देवताओं के राजा, यज्ञ का भाग प्राप्त करने वाले देवताओं में सबसे पहला स्थान आप ही का है। मेरे पिता निरन्तर यज्ञ करने में संलग्न हैं। आश्चर्य की बात है कि आप ही उसमें विघ्नकारी हो रहे हैं। आप त्रिलोकी के रक्षक हैं। जो लोग यज्ञ का नाश करते हैं, दिव्यदृष्टि से आप ही उनका नियन्त्रण करते हैं। यदि आप ही धर्मात्मा लोगों के कार्यों में विघ्नकारी बनने लगेंगे, तो धर्म कहां रहेगा? इस कारण भगवन् यज्ञों के अंग इस अश्व को आप छोड़ दीजिए। मनुष्यों को वेदमार्ग दिखलाने वाले आप जैसे महानुभावों को मलिन मार्ग पर नहीं चलना चाहिए।

रघु के इस प्रगल्भ वचन को सुनकर देवराज ने अपने रथ को लौटा दिया और उत्तर दिया—

हे राजपुत्र, तुमने जो बात कही, वह ठीक ही है, परन्तु यशस्वी पुरुषों को अपने यश की रक्षा भी तो करनी चाहिए।

तुम्हीं देखो कि सारे संसार के सामने तुम्हारा पिता यज्ञों द्वारा मेरे यश को धुंधला करने की तैयारियां कर रहा है। जैसे संसार में केवल एक विष्णु हैं और एक महादेव हैं, उसी प्रकार से सौ यज्ञ करने वाला शतक्रतु भी एक मैं ही हूं। किसी दूसरे व्यक्ति को इस पद को प्राप्त करने का अधिकार नहीं है। इस कारण मैंने तुम्हारे पिता के घोड़े का अपहरण कर लिया। जैसे सगर की सन्तान, कपि मुनि के समीप अश्व के लिए जाकर भस्मसात हो गई थी, तुम भी वैसे ही दुस्साहस मत करो।

इन्द्र के वचन को सुनकर कुमार ने निर्भयतापूर्वक हँसते हुए कहा—यदि आपका यही निश्चय है तो अपना हथियार संभालिए। रघु को विजय किए बिना आप यज्ञ के घोड़े को नहीं ले जा सकेंगे। रघु ने धनुष में तीर लगाने के लिए तूणीर की ओर हाथ बढ़ाया। रघु के चलाए बलवान तीर की हृदय पर चोट खाकर देवराज का कोप भी भड़क उठा और उसने नए बादलों पर शोभायमान होनेवाले इन्द्रधनुष के सदृढ़ विशाल और सुन्दर धनुष पर अमोघ बाण चढ़ाया। देवराज का बाण रघु की छाती पर आकर बैठा। उसे अब तक राक्षसों के रुधिर पीने की आदत थी उसने पहली बार मानो बड़ी उत्सुकता से मनुष्य का रक्त पिया। इस पर कुमार का रोष भी प्रचण्ड हो गया और उसने देवराज की उस भुजा पर जिसकी अंगुलियां ऐरावत के अंकुश से कठोर हो गई थीं और जिस पर देवों की महारानी शची द्वारा बनाए हुए मांगलिक चिह्न विद्यमान थे, अपने नाम से अंकित तीर आरोपित कर दिया। साथ ही कुमार ने मोर के पंख के समान

आकृतिवाले एक बाण से इन्द्र की वज्रांकित ध्वजा को काट डाला। उससे तो देवराज को ऐसा अनुभव होने लगा, मानो देवताओं की श्री-ललना के केशों पर हाथ डाला गया हो। युद्ध की भीषणता और भी बढ़ गई। आकाश में विमानों पर बैठे हुए देवगण और पृथ्वी पर से सैनिक लोग उन दोनों विजय की इच्छा रखने वाले वीरों के अद्भुत युद्ध को आश्चर्यपूर्वक देख रहे थे। इन्द्र और रघु के धनुष से निकले हुए, क्रमशः नीचे बरसने और ऊपर जाने वाले तीरों से अन्तरिक्ष आच्छादित हो गया। जैसे अपनी विद्युत से लगाई जंगल की अग्नि को बुझाने में स्वयं बादल असमर्थ हो जाता है, उसी प्रकार अनेक शास्त्रास्त्रों का प्रयोग करके भी देवराज कुमार को परास्त न कर सके। उसी समय कुमार के धनुष से निकले हुए अर्द्धचन्द्राकार बाण ने इन्द्र की तूफानी समुद्र के समान गम्भीर गर्जना करती हुई प्रत्यंचा को मुठ्ठी के पास से काट दिया। तब तो देवराज का क्रोध अत्यन्त उग्र हो गया। वज्रधर ने धनुष को नीचे रख दिया और अपनी चोट से पर्वतों के पहलुओं को तोड़ने वाले, चमकते हुए प्रकाश पुंज वज्र को हाथ में ले लिया। जब देवराज का वज्र रघु की छाती पर लगा, तो सैनिकों के आंसुओं के साथ कुमार भी क्षण-भर के लिए पृथ्वी पर गिर गया, परन्तु अभी आंसू पूरी तरह पृथ्वी पर पहुंच भी नहीं पाए थे कि सैनिकों के गगनभेदी जयनादों के साथ रघु भी उठकर खड़ा हो गया। कुमार के इस अपूर्व बल और साहस को देखकर इन्द्र का कोप शांत हो गया। मनुष्य अपने गुणों से ही ऊँचा पद प्राप्त कर सकता है।

तब संतुष्ट होकर वज्रपाणि ने रघु से कहा—

हे कुमार, मेरे जिस वज्र के आघात को चट्टानें भी नहीं सह सकतीं, उसे तूने सह लिया। मैं तेरे बल और साहस से प्रसन्न हुआ हूं। बता घोड़े के अतिरिक्त तू क्या चाहता है। उस समय रघु का हाथ तूणीर पर था, जिसमें से सुनहरी नोक वाला बाण आधा निकल चुका था और उसकी फलक से कुमार की अंगुलियां सुनहरी हो रही थीं। देवराज की बात सुनकर कुमार ने हाथ को वहीं थाम लिया, और मीठे स्वर में इन्द्र से कहा—हे प्रभो, यदि आप यज्ञ के अश्व को छोड़ना उचित नहीं समझते तो मेरी प्रार्थना है कि विधिपूर्वक यज्ञ-समाप्ति पर मेरे पिता को यज्ञ के सम्पूर्ण फल का भागी बना दीजिए, ताकि अश्व के न लौटने पर भी यज्ञ सर्वांग-सम्पन्न समझा जाए। एक कृपा और कीजिए कि इस सारी घटना का समाचार अपने दूत द्वारा महाराज तक ऐसे अवसर पर पहुंचा दीजिए, जब वे सभा में विराजमान हों।

ऐसा ही होगा—कहकर देवराज स्वर्गलोक के लिए प्रस्थित हो गए और कुछ उदासचित्त से सुदक्षिणा का वीर पुत्र भी अपने घर की ओर लौटा। महाराज को सब समाचार इन्द्र के दूत से प्राप्त हो चुके थे। जब रघु घर पहुंचा तो महाराज ने प्रसन्नतापूर्वक अत्यन्त शीतल हाथों से उसके वज्र द्वारा आहत अंगों का स्पर्श किया।

इस प्रकार राजा दिलीप ने निन्यानवे यज्ञ पूर्ण करके मानो मृत्यु के पश्चात् स्वर्ग तक पहुंचने के लिए निन्यानवे सीढ़ियां तैयार कर लीं। राजा का चित्त सांसारिक झंझटों से विरक्त हो चुका था। रघुकुल की मर्यादा के अनुसार दिलीप ने अपने छत्र और चामर वीर पुत्र को सौंप दिए, और देवी सुदक्षिणा को साथ ले, तपोवन के वृक्षों की शीतल और शान्त छाया का आश्रय लिया।

दिग्विजय

सन्ध्या के समय, अस्ताचलगामी सूर्य द्वारा दिए गए तेज को प्राप्त करके जैसे आग अधिक उज्ज्वल हो जाती है, उसी प्रकार अपने पिता से शासन का अधिकार प्राप्त करके रघु चमक उठा। उधर अन्य शासकों के हृदयों में, दिलीप के गौरव को देखकर प्रतिस्पर्धा की जो आग केवल सुलग रही थी, रघु के सिंहासनारूढ़ होने पर भड़क उठी। उस वीर ने पिता के सिंहासन पर और शत्रुओं के मस्तक पर एक ही समय में पैर रखा। राज्याभिषेक के समय जो छत्र रघु के सिर पर छाया गया, वह मानो साक्षात् लक्ष्मी ने अपने परोक्ष हाथों से धारण किया हो। जब चारण लोग उसकी स्तुति के गीत गाते थे, तब प्रतीत होता था कि उनकी वाणी के बहाने स्वयं सरस्वती उपस्थित हुई हैं। जैसे दक्षिण का वायु न बहुत शीतल होता है न बहुत गर्म, उसी प्रकार रघु प्रजा के लिए उचित दण्ड देने के कारण न अत्यन्त उग्र था और न बहुत ढीला। जब आम के पेड़ पर फल आ जाता है तब लोग उसके बौर को भूल जाते हैं। रघु के गुणों से भी दिलीप की स्मृति प्रजा के हृदयों में हलकी होने लगी। युद्ध के क्षेत्र के समान नीति के क्षेत्र में भी वह असाधारण प्रतिभा रखता था। उसके मन्त्री लोग जब कोई सलाह देते थे, तो वह पूर्वपक्ष ही रहता, निर्णायक उत्तरपक्ष रघु का ही होता था। जैसे प्रहर्षक होने के कारण निशानाथ चन्द्र और तेजस्वी होने के कारण सूर्य तपन कहलाता है, वैसे ही प्रजा के जन के कारण रघु का 'राजा' नाम सार्थक था। यद्यपि उसकी भौतिक आंखें विशालता के कानों को छू रहीं थीं, परन्तु उसके असली नेत्र तो शास्त्र थे, जिनसे वह सूक्ष्म समस्या की तह तक पहुंच जाता था।

इस प्रकार अपने पराक्रम और बुद्धिबल से उसने राज्य में शान्ति की स्थापना कर दी; मानो उसके बढ़ते हुए प्रताप पर साधुवाद देने के लिए कमलों की भेंट लेकर शरदऋतु के रूप में स्वयं राज्यश्री पृथ्वी पर उतर आईं। बादल हट गए,

आकाश स्वच्छ हो गया, जिससे रघु का और सूर्य का प्रताप एक साथ निर्विघ्न रूप से दिशाओं में व्याप्त होने लगा। इन्द्र देवता ने वर्ष-भर के लिए अपने धनुष इन्द्रधनुष को खींच लिया, और रघु ने अपना धनुष हाथ में लिया। प्रजा की रक्षा के लिए वे दोनों ही धनुर्धारी बारी-बारी से तैयार रहते थे। शीतऋतु की रात में छिटकती हुई चांदनी और रघु के सदा प्रसन्न चेहरे को देखकर प्रजाजनों के हृदय प्रसन्नता का अनुभव करते थे। हंसों की पंक्तियों में, टिमटिमाते हुए तारों में, कुमुदिनी के फूलों में और नदियों के स्वच्छ जल में मानो उसके यश की श्वेत आभा छिटक रही थी। ईख की छाया में आराम करने वाली खेतों की निश्चिन्त निर्भय रखवालियां उस प्रजा-रक्षक के बच्चे-बच्चे तक फैले हुए यश का गान करती थीं। शीतऋतु में अगस्त्य के उदय से जल प्रसन्न होने लगा, पर रघु के अभ्युदय से शत्रुओं के मन कलुषित होने लगे। इस प्रकार पूरी सजधज के साथ आकर शीतऋतु ने नदियों को उथला कर दिया और रास्तों के कीचड़ को सुखाकर सुगम बना दिया, जिससे शक्ति के अभिलाषी रघु के हृदय में शत्रुओं पर विजय प्राप्त करने की प्रेरणा उत्पन्न हो गई।

विजय-यात्रा का संकल्प कर लेने पर रघु ने अश्वमेध की मांगलिक विधि का आयोजन किया, जिसमें अग्निदेवता ने यज्ञ-ज्वालाओं की भुजाओं से उसे विजयी होने का आशीर्वाद दिया। उसके पश्चात् रघु ने राजधानी की सुरक्षा का पूरा प्रबन्ध किया, मार्ग की सुरक्षा के लिए राजभक्त और शक्तिसम्पन्न सेनाएं नियुक्त कीं और गुरुजनों से आशीर्वाद प्राप्त किया। तब उसने अपनी सर्वांगसम्पन्न सेना की कमान संभाली और दिग्विजय की यात्रा का डंका बजा दिया।

जैसे क्षीरसमुद्र की लहरें दूध की फुहार से विष्णु भगवान् की पूजा करती हैं, उसी प्रकार नगर की वृद्ध महिलाओं ने लाजों की वर्षा करके विजय-यात्रा के समय उसका अभिनन्दन किया।

रघु ने दिग्विजय की यात्रा का आरम्भ पूर्व दिशा से किया। उसकी सेनाएं जब ऊंची लहराती हुई ध्वाजाओं से शत्रुओं को ललकारती हुई राजधानी से निकलीं, तब रथों के पहियों और मेघों के समान विशाल तथा काले हाथियों के पैरों से उठी हुई धूल के कारण आकाश पृथ्वी के समान और पृथ्वी आकाश के समान प्रतीत होने लगी। राजा की मानवी सेना के साथ-साथ मानो एक और चतुरंगिणी सेना भी चली—आगे-आगे राजा का प्रताप, उसके पीछे सेना का सिंहनाद, फिर सेना से उठी हुई धूल और अन्त में रथादि। राजा के दृढ़ निश्चय और शक्ति के सामने मरुस्थलों में जल बहने लगा, बड़ी-बड़ी नदियाँ उथली हो गईं और बड़े-बड़े

जंगल सपाट मैदान बन गए। पूर्व की ओर उमड़ती हुई सेना का नेतृत्व करता हुआ रघु ऐसे शोभायमान हो रहा था, जैसे महादेव के जटाजूट से बहती गंगा की धारा का प्रदर्शन करता हुआ भगीरथ। जैसे मस्तहाथी जंगल के जिस मार्ग से गुजर जाता है, वहां वृक्षों के बिखरे हुए फल, उखड़ी हुई जड़ें और टूटे हुए तने ही शेष दिखाई देते हैं, वैस ही रघु जिन देशों से आगे बढ़ता गया, उनमें परास्त और झुके हुए राजवंशों के खंडहर ही दृष्टिगोचर होते थे। पूर्व दिशा के देशों को जीतता हुआ विजेता रघु आगे ही आगे बढ़ता गया, यहां तक कि उसकी सेनाएं नारियल के वनों से श्यामल समुद्र-तट पर जा पहुंचीं। अकड़कर खड़े होनेवाले पेड़ों का मानभंग करने वाले उस सेनापति के सामने बेंत की भांति सिर झुकाकर सुह्म देशवासियों ने अपनी प्राणरक्षा की। रघु ने और आगे बढ़ कर नौकाओं की सहायता से युद्ध के लिए उद्यत बंग लोगों को पछाड़ा और गंगा की मध्यवर्ती धाराओं के द्वीपों में अपनी विजय-ध्वजाएं गाड़ दीं। जैसे एक खेत से उखाड़कर दूसरे खेत में लगाने पर, उत्कृष्ट वासुमती धान के पौधे बालों के बोझ से अधिक झुक जाते हैं, उसी प्रकार जब रघु ने बंगों को उखाड़कर फिर से जमा दिया तो उन्होंने रघु के चरणों तक झुककर अधीनता स्वीकार कर ली। यहां उसके मार्ग में कपिशा नाम की नदी आई। उसपर उसने हाथियों का पुल बनाया और उससे पार होकर उत्कल के राजाओं द्वारा दिखलाए हुए मार्ग से कलिंग देश की ओर प्रयाण किया। मार्ग में महेन्द्र पर्वत आया। जैसे हठीले हाथी को वश में लाने के लिए हाथीवान उसके मस्तक पर अंकुश आरोपित करता है, उसी प्रकार रघु ने महेन्द्र की चोटी पर अपने प्रताप की ध्वजा गाड़कर प्रभुत्व की स्थापना की। कलिंग देश के शासक ने हाथियों की सेना और शस्त्रास्त्रों से रघु का उसी प्रकार स्वागत किया जैसे पंखों को काटने को आए इन्द्र का स्वागत पर्वतों ने शिलाओं से किया था। शत्रुओं के पैने बाणों की वृष्टि से राजा का जो स्नान हुआ, वही मंगल-स्नान बन गया। उससे प्रादुर्भूत विजय-श्री ने राजा के गले में विजय का हार पहना दिया। विजय प्राप्त करने के पश्चात् रघु के योद्धाओं ने महेन्द्र पर्वत पर ताम्बूलों के पत्तों के दोनों से नारियल की सुरा और कीर्ति—दोनों का साथ-साथ पान किया। कलिंगराज को परास्त करके धर्मी विजेता ने उसका देश उसी को वापस कर दिया। उसने केवल उसकी राज्यश्री का अपहरण किया, राज्य का नहीं। कलिंग-विजय के पश्चात् आशातीत सफलताओं से विभूषित रघु ने फूलों से लदे हुए सुपारी के वृक्षों से शोभायमान समुद्रतट के रास्ते से दक्षिण की ओर प्रयाण किया। मार्ग में कावेरी नदी पड़ी। राजा की सेना के मस्तक-जल से सुगंधित होकर

जब नदी का जल नदियों के स्वामी समुद्र की गोद में पहुंचा, तो वह शंकित-सा हो गया।

दिग्विजय की इच्छा से आगे बढ़ता हुआ रघु मलयाद्रि की तराई में जा पहुंचा। वहां उसकी सेनाओं ने छावनी डाली, तो घबराए हुए हारीत पक्षी बांसों के घने जंगलों में भटककर इधर-उधर उड़ने लगे।

सेना के घोड़ों ने इलायची के पौधों को रौंद डाला तो उससे सुगन्धि की जो रेणु आकाश में फैली, वह मस्त हाथियों के स्वभावतः सुगन्धित मदवाले गण्डस्थलों पर पड़कर एकीभूत हो गई। पांव के बन्धन को तोड़कर भागनेवाले हाथियों ने जब चन्दन के पेड़ों से अपनी गर्दन को रगड़ा वहां सांपों के लिपटने से गड्ढे बने हुए थे, अतः तब उनके गले के बन्धन टूटे नहीं। जिस दक्षिण दिशा में जाकर सूर्य का तेज भी मन्द हो जाता है, रघु के वहां पहुंचने पर पाण्ड्य जाति के लोग प्रताप को न सह सके और समुद्र तथा ताम्रपर्णी नदी से एकत्र किए हुए अपने चिरसंचित यश के समान उज्ज्वल मोतियों की भेंट लेकर सेवा में उपस्थित हुए। आगे बढ़कर रघु ने दक्षिण दिशा के सह्य पर्वत में प्रवेश किया। परशुराम के द्वारा सह्य पर्वत से दूर हटाया गया समुद्र भी, किनारे-किनारे जानेवाली रघु की सेनाओं के कारण पर्वत से लगा हुआ प्रतीत हो रहा था। विजेता की सेना के समीप आने पर घबराहट के कारण केरल की स्त्रियों को केसरादि फूलों से केशों का शृंगार करने का होश न रहा तो सेनाओं की धूल ही सिर के शृंगार का साधन बन गई। केतकी के फूलों का रज, मुरला नदी का स्पर्श करनेवाले वायु के झोंकों द्वारा जब रघु की सेनाओं के वस्त्रों पर पड़ा तो उसने वहां इत्र-फुलेल का काम दिया। आगे बढ़ते हुए सैनिकों और घोड़ों के कवचों की सम्मिलित ध्वनि इतनी ऊँची हुई कि राजताली जंगल में गूंजती हुई हवा की ध्वनि उससे परास्त हो गई। पुन्नाग के फूलों पर मंडराते हुए भौरे खजूर के तने से बंधे हुए हाथियों के बहनेवाले मद की सुगन्ध से आकृष्ट होकर उनके गण्डस्थलों पर टूट पड़े। जिस समुद्र ने मांगने पर परशुराम को अपना किनारा खाली कर दिया था, उसने बिना मांगे ही अपने द्वीप राजा द्वारा दिए गए कर के बहाने से रघु की सेवा में भेंट स्वरूप उपस्थित किए। त्रिकूट पर्वत की चट्टानों पर रघु की सेना के मस्त हाथियों ने दांतों से जो निशान बनाए, उनसे मानो वह पर्वत ही विजेता का जयस्तम्भ बन गया।

वहां से वह संयमी, पारसीक लोगों को जीतने के लिए स्थल के मार्ग से

रवाना हुआ—जैसे योगी इन्द्रिय नाम के शत्रुओं को तत्वज्ञान से जीतने के लिए सन्नद्ध होता है। जैसे बरसात के अतिरिक्त अन्य ऋतुओं में सूर्य की प्रातःकालीन किरणें पद्मों को कुम्हला देती हैं, उसी प्रकार रघु के प्रताप ने यवन-स्त्रियों के सुरागन्ध वाले मुखकमलों को मुरझा दिया। पश्चिम के घुड़सवार योद्धाओं से उसका ऐसा घोर युद्ध हुआ कि धूल में लड़नेवालों का अनुमान धनुष की टंकार से ही किया जा सकता था। काली-काली मधुमक्खियों से सने हुए शहद के समान दीखनेवाले यवन लोगों के दढ़ियल चेहरों को काट-काटकर उसने पृथ्वी को ढक दिया। अन्त में वे मुकुट उतार कर उसके चरणों में झुक गए। महापुरुषों का क्रोध तभी तक रहता है, जब तक दूसरा न झुक जाए। वहां रघु के विजयी योद्धाओं ने अंगूर के झुरमुटों में बहुत उत्कृष्ट मृगछालाओं पर लेटकर और अंगूरी शराब पीकर अपनी थकान को उतारा।

उसके पश्चात् सूर्य के समान तेजस्वी रघु ने उत्तर दिशा के जलसदृश निवासियों को सुखाकर नामशेष कर देने के लिए प्रयाण किया। काश्मीर में सिन्धु नदी के तट पर लौटकर विजेता के अश्वों ने अपनी थकान को दूर किया, और उसने उनके कन्धों पर जो केसर लग गया—उसे झकझोरकर उतार दिया। रघु ने हूण योद्धाओं को परास्त करके उनकी स्त्रियों को वैधव्य-दुःख दिया, वह रो-पीटकर लाल हुए उनके कपोलों से व्यक्त होता था। कम्बोज देश के निवासी विजेता के प्रताप को न सह सके और रघु की सेना के हाथियों के रस्सों से बंधने के कारण झुके हुए अखरोट के पेड़ों के साथ वे भी झुक गए। कम्बोज लोग बहुत-साधन और देश के प्रसिद्ध घोड़ों की जो भेंट लेकर बार-बार रघु की सेवा में उपस्थित हुए, उसे तो रघु ने अपने खजाने में प्रवेश दे दिया परन्तु विजय से उत्पन्न होनेवाले अभिमान को हृदय में प्रवेश नहीं दिया।

कम्बोज को जीतने के पश्चात् अश्वों के खुरों से उठे हुए गेरू आदि धातुओं के रज से शिखरों की ऊँचाई को मानो और अधिक बढ़ाते हुए राजा रघु ने हिमालय पर चढ़ाई बोल दी। सेनाओं के कोलाहल से जागे हुए राजा रघु ने हिमालय पर चढ़ाई कर दी। सेनाओं के कोलाहल से जागे हुए गुफावासी सिंहों ने केवल गर्दन फेरकर बाहर की ओर देखा, मानो कह रहे हों कि तुमसे निर्बल नहीं, जो डरें। भूर्जपत्रों की मर्मरध्वनि और बांसों के जंगलों में गूंज पैदा करनेवाले गंगाजल के सम्पर्क से शीतल पवनों ने हिमालय की चोटियों पर रघु का स्वागत किया। उसके सैनिकों ने कस्तूरी के संसर्ग से सुगन्धित शिलाओं पर बैठकर और नमेरु वृक्षों की छाया में सुस्ताकर अपनी थकान को उतारा। वहां राजा की सेनाओं का पहाड़ी

जातियों से युद्ध हुआ। उस युद्ध में फेंके गए बाणों और शिलाओं से जो संघर्ष हुआ उससे आग की चिनगारियां चारों ओर फैल रही थीं। रघु से परास्त होकर उत्सव प्रिय लोग अपने उत्सवों को भूल गए और किन्नरगण उसी के विजयगीत गाने लगे। पहाड़ी लोग जब बहुमूल्य रत्नों की भेंट लेकर राजा की सेवा में उपस्थित हुए, तब राजा ने हिमालय की और हिमालय ने राजा की शक्ति को ठीक-ठीक पहचाना। आगे कैलास पर्वत आरम्भ होता था। उसे तो रावण जैसा राक्षस भी हिला देगा, मानो इसी विचार से रघु ने उसे छोड़ दिया और हिमालय से नीचे उतर आया।

उसके पश्चात् रघु ने लौहित्य नदी को पार किया। तब तो प्राग्ज्योतिष् का राजा और रघु के हाथियों के खूंटे बनने के कारण कालागुरु के वृक्ष एकसाथ ही कांप गए। प्राग्ज्योतिष् का शासक विजेता के रथों से उठे हुए सूर्य को ढक देनेवाले मेघों को भी नहीं सह सका, सेनाओं को तो सहता ही क्या? आगे बढ़ने पर कामरूप के राजा ने मस्त हाथियों की उन श्रेणियों की भेंट देकर देवताओं के राजा से भी अधिक पराक्रमशील रघु का स्वागत किया, जिनसे वह अन्य विरोधियों का मार्ग रोका करता था। उसने विजेता के चरणों की रत्नरूपी फूलों से पूजा की। इस प्रकार राज्यछत्र उतर जाने के कारण खुले हुए नरेशों के मस्तकों पर अपने रथ की उड़ी हुई धूल का टीका लगाता हुआ रघु राजधानी को लौट आया। मेघों के समान सज्जन लोग जो कुछ लेते हैं, वह केवल देने के लिए ही। रघु ने विजय-यात्रा से लौटकर प्राप्त हुई अतुल सम्पत्ति का दान करने के लिए विश्वजित् यज्ञ का आयोजन किया।

रघु के विश्वजित् यज्ञ में दूर-दूर के राजा एकत्र हुए। पराजित होने के कारण उनके हृदयों में जो थोड़ा-बहुत दुःख था, उसे विजेता ने मंत्रियों की सहायता से बढ़े-चढ़े आदर-सत्कार द्वारा शान्त कर दिया। यज्ञ के अन्त में रघु से अनुमति प्राप्त करके राजा लोग अपने घरों को वापस चले गए; जिनसे उनके परिवारों की चिर-वियोग के कारण हुई चिन्ता दूर हो गई। विदा होते समय राजाओं ने रघु के रेखाध्वज, वज्र और छत्र जैसे चक्रवर्ती चिह्नों से युक्त चरणों में सिर झुकाकर नमस्कार किया तो उनके किरीटों से गिरे हुए फूलों के पराग से रघु के चरणों की अंगुलियां गौर हो गईं।

विश्वजित यज्ञ

जिस समय 'विश्वजित' यज्ञ में सर्वस्व दान करने के कारण सम्राट् रघु का ख़ज़ाना बिल्कुल खाली हो चुका था, उस समय वरतन्तु आचार्य का शिष्य कौत्स अपनी शिक्षा समाप्त करके गुरुदक्षिणा की खोज में अयोध्या पहुंचा। सोने के सब बर्तन दिए जा चुके थे, अतः रघु ने मिट्टी के बर्तन में अर्घ्य प्रस्तुत किया। अर्घ्य-पाद्य आदि से उस तपस्वी का सत्कार करके मानियों के प्रमुख सम्राट् रघु ने उसे आसन पर बिठाया और हाथ जोड़कर प्रश्न किया—

हे कुशाग्रबुद्धि मुनिवर, जैसे सारा संसार सूर्य से जीवन प्राप्त करता है, वैसे ही जिस मन्त्रवक्ताओं के अग्रणी ऋषिवर से तुमने सब विद्याएं प्राप्त की है, वे कुशल से तो हैं? देवताओं के अधिपति को हिला देनेवाली महर्षि की त्रिविध तपस्या के मार्ग में कोई रुकावटें तो नहीं आतीं?

शरीर, वाणी और कर्म द्वारा देवताओं के राजा के आसन को हिला देनेवाला जो त्रिविद तप महर्षि ने संचित किया है, उसमें कहीं विघ्नबाधाएं तो उपस्थित नहीं होतीं?

शीतल छाया द्वारा थकान उतारनेवाले उन आश्रम के वृक्षों को, जिन्हें आश्रमवासियों ने आलवाल बनाकर तथा सब उपायों से सन्तान की तरह पाल-पोसकर बड़ा किया है, वायु आदि के उपद्रवों से हानि तो नहीं पहुंचती?

हरिणियों की जिस सन्तति को मुनि लोग अपने बच्चों से भी अधिक प्रेम करते हैं, जिनका जन्म मुनियों की गोद से ही होता है, जो यज्ञादि के निमित्त से भी अलग नहीं किये जाते, कुशल से तो हैं?

जिन पवित्र जलों से आप लोग दैनिक स्नानादि करते हैं? जिनकी अंजलियों से पितरों का तर्पण होता है, और जिनकी रेतीली तटभूमि अन्न के षष्ठभाग पर लगे हुए राजकर के चिह्नों से अंकित है, वे जल उपद्रव रहित तो हैं?

जिनसे आप अपना जीवन-निर्वाह, और समय-समय पर आनेवाले अतिथियों का पूजन करते हैं, उन नीवार श्यामाक आदि अन्नों को भुस की खोज में आने वाले गौ-भैंस आदि पालतू पशु तो नष्ट नहीं करते?

महर्षि ने विद्या की समाप्ति पर आपको गुरुकुल से प्रसन्नतापूर्वक घर जाने की अनुमति तो दे दी? क्योंकि अब वह समय आ गया है, जब आप अन्यों का उपकार करने की योग्यता के कारण ज्येष्ठ आश्रम–गृहस्थाश्रम में प्रवेश करें।

केवल आपके आने से ही मेरा मन सन्तुष्ट नहीं हुआ, मैं उत्सुक हूं कि आपके किसी आदेश का पालन भी करूं। आपने मुझपर अनुग्रह किया है कि अपने गुरु की आज्ञा से अथवा स्वयं जंगल से पधारकर मुझे कृतार्थ होने का अवसर दिया है।

वरतन्तु मुनि के शिष्य कौत्स ने अर्घ्य के पात्र को देखकर ही अनुमान लगा लिया था कि रघु सर्वस्व दान कर चुका है। राजा की उदार वाणी सुनकर भी कौत्स की आशा हरी नहीं हुई और वह बोला–

हे राजन्, आश्रम में सब प्रकार से कुशल-मंगल है। शासन की बागडोर आपके हाथों में रहते प्रजा को कष्ट हो ही कैसे सकता है? जब सूर्य दमक रहा हो तब प्राणियों की आंखों को अंधेरा कैसे ढक सकता है?

हे राजन्, पूज्यों के प्रति भक्ति की भावना रखना तुम्हारे कुल की प्रथा है। अपनी विशालहृदयता के कारण तुमने अपने पूर्व-पुरुषों को भी मात दे दी है। मुझे इतना ही दुःख है कि मैं समय बीत जाने पर अपनी अभ्यर्थना लेकर यहां पहुंचा हूं।

हे नरेन्द्र, वनवासियों द्वारा अन्न निकाल लेने पर जैसे नीवार का खोखला स्तम्भ (सूखा पौधा) शोभायमान होता है, सत्पात्रों को सर्वस्व दान देकर तुम वैसे ही शोभायमान हो रहे हो।

चक्रवर्ती साम्राज्य प्राप्त करके आज दान के कारण तुम्हारी यह धनहीनता शोभाजनक ही है। देवताओं द्वारा अमृत पिए जाने पर चन्द्रमा की क्षीणता उसकी वृद्धि से कहीं अधिक प्रशंसनीय होती है।

सो राजन्, मैं किसी अन्य स्थान से गुरुदक्षिणा प्राप्त करने का यत्न करूंगा। मुझे तो इस समय इसके अतिरिक्त कोई कार्य नहीं है। भगवान तुम्हारा कल्याण करें। बरसकर खाली हुए बादल से तो चातक भी पानी नहीं मांगता।

यह कहकर जब कौत्स विदा होने लगा तो राजा ने उसे रोककर पूछा–हे विद्वान, आप यह तो बताइए कि गुरु की सेवा में आपको क्या वस्तु कितनी राशि में भेंट करनी है?

विश्वजित् यज्ञ को सफलतापूर्वक सफल करके भी अभिमान से शून्य, वर्णाश्रमों की रक्षा करनेवाले उस क्षत्रपति के प्रश्न को सुनकर वह स्नातक रुक गया और बोला–

विद्याध्ययन समाप्त करके मैंने महर्षि से निवेदन किया था कि मुझे गुरुदक्षिणा भेंट करने की आज्ञा दी जाए। गुरु ने मेरी चिरकाल तक की हुई भक्तिपूर्ण सेवा को ही पर्याप्त समझा। फिर भी मैं गुरुदक्षिणा का आग्रह करता गया। इससे असन्तुष्ट होकर महर्षि ने कहा कि यदि तेरा ऐसा ही आग्रह है तो ग्रहण की हुई चौदह विद्याओं के बदले में चौदह करोड़ मुद्राएं गुरुदक्षिणा के रूप में उपस्थित कर। हे राजन्, पूजा के मृण्मय पात्रों से मैंने जान लिया है कि तुम्हारा केवल 'प्रभु' नाम ही शेष है, और मेरी मांग बहुत बड़ी है, इस कारण मैं तुमसे आग्रह करने का साहस नहीं कर सकता।

वेदवेत्ताओं में श्रेष्ठ ब्राह्मण की इस प्रकार की बात सुनकर तेजस्वी और विद्वान् सम्राट् ने निवेदन किया–

भगवन्, विद्यारूपी समुद्र को पार करके एक स्नातक गुरुदक्षिणा की खोज में रघु के पास आया और निराश होकर किसी दूसरे दानी के पास चला गया, यह अपकीर्ति मेरे लिए एक नई वस्तु होगी, जो मुझसे सहन नहीं हो सकेगी। अतः आप दो-तीन दिन तक मेरे यज्ञगृह में चतुर्थ अग्नि की भांति आदरपूर्वक निवास करने का अनुग्रह करें। इस बीच में मैं आपकी अभीष्ट धनराशि जुटाने का यत्न करता हूं।

रघु के वचन को अटल प्रतिज्ञा के समान मानकर कौत्स प्रसन्नतापूर्वक रुक गया। इधर यह सोचकर कि पृथ्वी का सार खींचकर तो मैं दान कर चुका हूं, राजा ने कैलास के स्वामी कुबेर से अभीष्ट धनराशि लेने का संकल्प किया। जैसे वायु की सहायता प्राप्त होने पर अग्नि की गति अमोघ हो जाती है, उसी प्रकार वसिष्ठ मुनि के वरदान से रघु के रथ की गति न समुद्र में रुकती थी, न आकाश में मन्द होती थी और न पर्वतों पर ढीली पड़ती थी। उस रात रघु शस्त्रों से सुसज्जित रथ में ही सोया, मानो वह प्रातःकाल अपने किसी साधारण सामन्त को जीतने के लिए प्रयास करनेवाला हो। जब वह प्रातःकाल सोकर उठा तो कोषगृह के रखवालों ने सूचना दी कि आज रात कोषगृह में आकाश से सोने की वर्षा हो गई है। वह धनराशि इतनी थी कि मानो बिजली की चोट खाकर सुमेरु पर्वत की चट्टान टूट पड़ी हो। रघु ने वह सम्पूर्ण धन कौत्स की सेवा में भेंट कर दिया। अयोध्या के निवासी यह दृश्य देखकर चकित और कृतकृत्य हो

रहे थे कि याचक गुरुदक्षिणा की मात्रा से अधिक लेने से इन्कार करता था, और दाता कुबेर से प्राप्त समस्त धनराशि देने पर तुला हुआ था।

राजा ने वह धनराशि सैकड़ों ऊंटों और खच्चरों पर लादकर कौत्स के सुपुर्द करते हुए झुककर प्रणाम किया। सन्तुष्ट होकर विद्वान् ब्राह्मण ने राजा को आशीर्वाद दिया—राजन्, तुम जैसे प्रजा का पालन करने वाले शासक के लिए पृथ्वी कामधेनु हो, यह तो स्वाभाविक ही है। परन्तु तुम्हारा प्रभाव अचिन्तनीय है, जिसने आकाश को भी दुह लिया। संसार की सब विभूतियां तुम्हें प्राप्त हैं, अन्य जो भी शुभकामना की जाएगी वह पुनरुक्तिमात्र होगी। इस कारण मेरा इतना ही आशीर्वाद है कि जैसे तुम्हारे योग्य पिता ने तुम्हें प्राप्त किया था वैसे ही तुम भी अपने अनुरूप पुत्र प्राप्त करो।

इस प्रकार आशीर्वाद देकर गुरुदक्षिणा के साथ ब्राह्मण गुरु के पास चला गया। जैसे संसार सूर्य से प्रकाश प्राप्त करता है, वैसे राजा ने भी भगवान् की दया से पुत्ररत्न प्राप्त किया।

महारानी ने ब्राह्ममुहूर्त में स्कन्द के समान तेजस्वी कुमार को प्राप्त किया। इस कारण सम्राट् ने उसका नाम ब्रह्मा के नाम पर 'अज' रखा।

अज में वही तेजस्वी रूप, वही बल और वही स्वाभाविक उदार भाव था। कुमार अपने पिता से उसी प्रकार अभिन्न था, जैसे दीये से जला हुआ दीया। जब गुरुओं से विधिपूर्वक प्राप्त की हुई शिक्षा और युवावस्था के प्रभाव से अज पूर्णरूप से सुन्दर और गम्भीर हो उठा, तब यद्यपि राज्यश्री उसके गले में हार पहनाने को उत्सुक थी, तो भी लज्जाशील कन्या की तरह पिता की अनुमति की प्रतीक्षा कर रही थी। इस समय विदर्भ के राजा भोज के विद्वान् दूत ने रघु के पास आकर निवेदन किया कि राजकुमार अज को पुत्री इन्दुमति के स्वयंवर में भाग लेने को भेजिए। सम्बन्ध उत्तम है और कुमार की अवस्था विवाह के योग्य हो गई है, यह विचारकर राजा ने अज को सेनाओं के साथ धन-धान्य से भरी हुई विदर्भ देश की राजधानी की ओर भेज दिया। मार्ग में युवराज ने जहां पड़ाव किए वहां राजाओं के योग्य बहुमूल्य तम्बुओं के महल बनाए गए थे, जिनमें नगरों से लाकर उत्तमोत्तम सामग्री इकट्ठी की गई थी, और जिन्हें वाटिका और विहारस्थानों से सुखकारी बनाया गया था। उसका एक पड़ाव नर्मदा नदी के तीर पर हुआ, जहां मार्ग की धूल से सनी हुई सेनाओं को नदी जल से आर्द्र, और नक्तमाल के स्पर्श से ठंडे पवन से शान्ति प्राप्त हुई।

जब नर्मदा के तट पर अज का डेरा पड़ा हुआ था, तब एक जंगली

हाथी—जिसके गण्डस्थल जल से धुल जाने के कारण निर्मल हो गए थे, परन्तु पानी के ऊपर मंडराते हुए भौंरों को देखकर यह सूचित होता था कि पानी में जाने से पूर्व उसके मस्तक से मद बह रहा था—नदी के जल से निकलता दिखाई दिया। उसके मद की तीव्र बास से परास्त हुए सेना के हाथी, हाथीवानों के हाथ से निकलने लगे। उसके भय से सेना के वाहन रस्सी तुड़ाकर भागने लगे; जिससे रथ उलटकर टूटने लगे और सिपाही लोग स्त्रियों की रक्षा में व्यस्त हो गए। इस लोकप्रथा का आदर करते हुए कि जंगली हाथी राजा के लिए अवध्य है, अज ने केवल उसे रोकने के लिए धनुष की प्रत्यंचा को हल्का सा खींचकर उसके कुम्भस्थल पर तीर मारा आश्चर्य से चकित सेनाओं ने देखा कि तीर से विद्ध होकर उस हाथी का रूप बदल गया, और वह चमचमाते तेज के मण्डल से घिरे हुए आकाशवासी गन्धर्व के रूप में दिखलाई देने लगा। उसने पहले राजकुमार पर कल्पद्रुप के फूलों की वर्षा की, और फिर निवेदन किया—

हे राजकुमार, मैं प्रियदर्शन नाम के गन्धर्वराज का पुत्र प्रियंवद हूं। मेरे दुरभिमान से रुष्ट होकर मतंग मुनि ने मुझे शाप दे दियां, जिससे मुझे हाथी का रूप धारण करना पड़ा। शाप मिलने पर मैंने अनुनय-विनय किया तो वे शान्त हो गए। पानी चाहे आग और धूप के संयोग से गर्म हो जाए, परन्तु वह स्वभाव से तो शीतल ही है। शान्त होकर तपस्वी ने शाप को कम करते हुए कहा कि इक्ष्वाकुवंश का राजकुमार अज जब बाण से तेरे मस्तक को छेद देगा, तब तुझे अपना शरीर वापस मिल जाएगा। सो तुमने मुझे शाप से छुड़ाकर मुझपर बड़ा उपकार किया। इसके बदले में यदि मैं प्रत्युपकार न करूं, तो मेरा निज रूप में आना व्यर्थ ही होगा। हे मित्र, मेरे पास सम्मोहन नाम का गन्धर्व अस्त्र है, जिसकी सबसे बड़ी विशेषता यह है कि शत्रु की हिंसा नहीं करनी पड़ती और जीत हाथ में आ जाती है। यह अस्त्र मैं तुम्हें देता हूं। इसमें लज्जा की कोई बात नहीं है। तुमने तीर का प्रहार करते हुए मुझपर मुहूर्त-भर जो दया का भाव प्रदर्शित किया, उसने मेरे हृदय में अपनापन पैदा कर दिया है। कृपया इस भेंट को लेने से इन्कार न करना।

राजकुमार ने प्रियंवद की बात स्वीकार कर ली और पूर्वाभिमुख हो नर्मदा के जल का आचमन करके सम्मोहनास्त्र ग्रहण किया। इस प्रकार दैव ने उन दोनों को मार्ग में मिलाकर मित्र बना दिया। अस्त्र-ग्रहण के पश्चात् वह चैत्ररथ नाम के गन्धर्वों के निवासस्थान की ओर चला गया, और दूसरे ने उत्तम शासन के कारण सुखी और समृद्ध विदर्भ देश की दिशा की ओर प्रस्थान किया।

जब अज विदर्भ की राजधानी के पास पहुंचा, तो जैसे लहरों की भुजाओं को बढ़ाकर समुद्र चन्द्रमा का स्वागत करता है, वैसे ही विदर्भराज ने प्रसन्नहृदय से उसका स्वागत किया। विदर्भराज भोज ने नगरप्रवेश के समय ऐसी नम्रता से व्यवहार किया, जिससे सब अभ्यागत लोगों ने अज को गृहस्वामी और भोज को अतिथि समझा।

वहां पहुंचकर अधिकारी पुरुष राजकुमार को जिस नवनिर्मित और सुन्दर राजमहल में ठहराने के लिए ले गए, उसके पूर्व द्वार पर जल से भरे हुए घड़े स्थापित किए गए थे। उस भवन में अज ऐसा शोभायमान हुआ मानो साक्षात् कामदेव युवावस्था में निवास कर रहा हो।

रात्रि के समय राजकुमार को बहुत मीठी नींद आई। उषाकाल में वैतालिक लोगों ने मधुर और प्रगल्भ स्तुतियों द्वारा उसका उद्बोधन किया। उन्होंने कहा—रात समाप्त हो गई। हे बुद्धिमानों के शिरोमणि! अब शय्या को छोड़िए। इस पृथ्वी का बोझ विधाता ने दो कन्धों पर रखा है। एक कंधा तुम्हारे सदा जागरूक पिता का है, और दूसरा तुम्हारा। देखो, अभी भगवान भास्कर आकाश में अवतीर्ण भी नहीं हुए कि उनके सारथि अरुण ने अन्धकार को छिन्न-भिन्न कर दिया। ठीक भी है, हे वीर, जब तुम मैदान में उतर आओगे, तो तुम्हारे गुरु को हथियार उठाने की क्या आवश्यकता है! राजकुमार, कल सायंकाल तैयार किए गए फूलों के हार बिखर रहे हैं, दीपक की ज्योति मन्द पड़ गई है, और पिंजरे में बन्द तुम्हारा सुग्गा हमारे प्रबोध वाक्यों को मीठे गले से दोहरा रहा है। अब उठो।

इस प्रकार स्तुतिवाक्यों से अज की नींद टूट गई और वह बिस्तर छोड़कर उठ बैठा। उठकर शास्त्रोक्त रीति से उसने नित्यकर्मों का अनुष्ठान किया। कुशल परिचारकों ने उसे सभा के योग्य वेशभूषा से परिष्कृत किया, जिसके पश्चात् वह नियत समय पर स्वयंवर के मण्डप की ओर प्रस्थित हुआ।

इन्दुमती का स्वयंवर

स्वयंवर के मण्डप में पहुंचकर राजकुमार ने सुन्दर वेशवाले क्षत्रियों को विमान पर आरूढ़ देवताओं के समान शोभायमान देखा। राजाओं ने जब कामदेव के सदृश सुन्दर अज को देखा तो उनके मन में इन्दुमती की ओर से निराशा उत्पन्न हो गई। जैसे शेर का बच्चा शिलाओं पर चरण रखता हुआ पर्वत की चोटी पर चढ़ जाता है, वैसे ही सम्राट् रघु का राजकुमार भी शानदार सीढ़ियों से होकर राजा भोज द्वारा निर्दिष्ट सिंहासन पर विराजमान हो गया। सिंहासन रत्नों से जगमग हो रहा था और उसपर बहुमूल्य रंग-बिरंगे कालीन बिछे हुए थे। उसपर आसीन कुमार ऐसे शोभायमान हो रहा था, जैसे मोर की पीठ पर बैठा हुआ सेनानी गुह। जैसे अनेक मेघों में भिन्न-भिन्न रूपों से एक ही बिजली दमकती दिखाती देती है, वैसे ही उन उपस्थित नरेशों में मानो एक ही राजश्री अनेक रूपों में छिटक रही थी। बहुमूल्य आसनों पर विराजमान उन राजाओं की श्रेणी में सम्राट् रघु का कुमार कल्पवृक्षों में पारिजात के समान देदीप्यमान हो रहा था। जब उपवन में कोई मदमस्त हाथी आ जाए, तो गन्ध से खिंचे हुए भौंरे फूलों को छोड़कर उसी की ओर खिंच जाते हैं। नगरवासियों की आंखें भी अज के पहुंचने पर क्षत्रियों को छोड़कर उसी की ओर आकृष्ट हो गईं।

इस प्रकार सूर्य और चन्द्रवंशी राजाओं के एकत्र हो जाने पर वंशपरम्परा से अभिज्ञ बन्दीजनों ने उनका अभिनन्दन किया। धूपबत्तियों के जलने से उठा हुआ धुआं पताकाओं की चोटियों को छूने लगा, और नगर के समीप उपवनों में रहनेवाले मोरों को नचा देनेवाला प्राभातिक शंख आकाश को गुंजाने लगा। मंगलाचरण समाप्त होने पर, मनुष्यों द्वारा उठाई जाने वाली चौकोर पालकी में परिजनों द्वारा घिरी हई, पति के वरण की इच्छा रखनेवाली स्वयंवर-वेषधारिणी राजकुमारी इन्दुमति ने मंडप के राजमार्ग में प्रवेश किया। सैकड़ों आंखों की एक

लक्ष्य, विधाता की उस अद्‌भुत रचना के सम्मुख आने पर सब नरेश अन्तःकरणों से उसके समीप जा पहुंचे, सिंहासनों पर तो केवल उनके शरीर ही रह गए।

तब राजवंशों के इतिहास से परिचित और पुरुष के समान प्रगल्भ प्रतिहारी सुनन्दा इन्दुमति को मगधदेश के राजा के समीप ले जाकर बोली—यह मगधदेश का राजा परन्तप है। जैसा नाम वैसे गुणोंवाला है। शत्रुओं का काल है, शरणार्थियों को शरण देनेवाला है और स्वभाव से गम्भीर है। प्रजा का रंजन करने के कारण इसने यश प्राप्त किया है। शासक तो अनेक हैं, परन्तु भूमि को राजवन्ती कहलाने का सौभाग्य इसी से प्राप्त है। आकाश में अनगनित ग्रह-नक्षत्र हैं, परन्तु रात्रि चन्द्र के कारण ही उजली समझी जाती है। इस राजा के द्वारा यज्ञों में निरन्तर निमन्त्रित होने के कारण इन्द्र को बहुत समय तक स्वर्गलोक से अनुपस्थित रहना पड़ता था। फलतः पति-वियोग में महारानी शची के सुन्दर केश कपोलों तक लटक गए और मन्दार पुष्पों से शून्य हो गए हैं। यदि तुम चाहती हो कि यह श्रेष्ठ पुरुष तुम्हारा पाणिग्रहण करे, तो पुष्पपुर में प्रवेश के लिए उद्यत हो जाओ, जहां प्रवेश के समय नगर की सुन्दरियां महलों के झरोखों में बैठकर तेरे दर्शन से अपने नेत्रों को आनन्दित करेंगी।

सुनन्दा के वचन सुनकर इन्दुमती ने मुंह से तो कोई उत्तर नहीं दिया, केवल परंतप की ओर देखकर हल्का-सा प्रणाम कर दिया, जिसका अभिप्राय था कि नहीं।

जैसे वायु के वेग से उठी हुई जल की लहर मानस सरोवर की राजहंसी को एक कमल से दूसरे कमल के पास पहुंचा देती है, उसी प्रकार वह दौवारिक सुनन्दा राजकुमारी को परंतप के पास से हटाकर दूसरे राजा के समीप ले गई और बोली—

यह अंगदेश का राजा है। अप्सराएं इसके यौवन पर लट्टू हैं। प्रसिद्ध महावतों द्वारा सधाए हुए हाथियों की विभूति के कारण यह ऐरावत के स्वामी इन्द्र के सदृश ऐश्वर्य का उपभोग कर रहा है। इसके पराक्रम ने पराजित शत्रुओं की स्त्रियों के गले में मोतियों के समान स्थूल आंसुओं की मालाएं डालकर बिना सूत्र के ही हार पहना दिए हैं। श्री और सरस्वती स्वभाव से एक-दूसरे के संग नहीं रहतीं, इसने अपने गुणों से दोनों को वश में कर लिया है। शरीर के सौंदर्य और सत्य तथा प्रिय वाणी के कारण हे इन्दुमती, तुम ही इसके योग्य हो।

सुनन्दा के वाक्य की समाप्ति पर इन्दुमति ने अंगराज पर से आंख हटाकर कहा—आगे चल! इससे यह न समझना चाहिए कि अंगराज सुन्दर नहीं था, और

न ही यह बात थी कि इन्दुमती में पहचानने की शक्ति न हो। तो भी इन्दुमती उसे छोड़ गई। संसार में सबकी रुचि भिन्न-भिन्न है।

उससे आगे सुनन्दा इन्दुमती को नवोदित चन्द्र के समान सुन्दर और आकर्षक अवन्तिनाथ के सामने ले गई, और कहने लगी–

यह विशाल वक्षस्थल और संकुचित कटिभाग से सुशोभित महाबाहु अवन्ति का शासक है। इसका तेजस्वी शरीर, विश्वकर्मा द्वारा चक्र पर चढ़ाए हुए सूर्य जैसा प्रतीत होता है। इसकी विजय-यात्रा में सेना के घोड़ों की टाप से उठी हुई धूलि शत्रुओं के मुकुटों की मणियों पर बैठकर, इसके पहुंचने से पूर्व ही उन्हें आभाहीन कर देती है। यह महाकाल-मन्दिर के निवासी भगवान् चन्द्रमौलि महादेव के समीप ही रहता है, इस कारण अंधेरी रातों में भी यह चांदनी से चमकती हुई रातों का अनुभव करता है। यदि इस नौजवान राजा के साथ, शिप्रा नदी के जलों का स्पर्श करनेवाले वायु से प्रकम्पित उद्यानों में विहार करने का विचार हो तो हे सुन्दरी राजकुमारी, मुझे बता दो।

अवन्तिनाथ अपने तेज से मित्ररूपी पद्मों को विकसित करनेवाला, और शत्रुरूपी कीचड़ को सुखा देनेवाला होने के कारण सूर्य के समान तेजस्वी था। परन्तु जैसे सुकोमल कुमुदिनी उसे पसन्द नहीं करती, वैसे ही इन्दुमती का हृदय भी उसकी ओर नहीं झुका। तब सुनन्दा इन्दुमती को आगे लाकर अनूपराज का परिचय देने लगी–

ब्रह्मज्ञानी राजा कार्तवीर्य का नाम तुमने सुना होगा। जब वह संग्रामभूमि में उतरा था, तब शत्रु उसे सहस्त्रबाहु-सा अनुभव करते थे। उसने अठारहों द्वीपों में अपने यज्ञों के यूथ गाड़ दिए थे। प्रजारंजन के कारण 'राजा' यह विशेषण उसमें असाधारण रूप से अन्वर्थक जंचता था। प्रजा पर उसका ऐसा आतंक था कि मन में अपराध का विचार आते ही धनुर्धारी राजा की मूर्ति मन के सामने आ जाती और मानसिक अपराध भी रुक जाता था। जिस रावण ने इन्द्र को भी जीत लिया था, कार्तवीर्य के कारागृह में उसी रावण की भुजाएं धनुष की प्रत्यंचा से बंधी हुई थीं, और मुखों से निरन्तर जोर-जोर से सांस निकल रहे थे और उसे तब तक बन्दी रहना पड़ा था जब तक राजा का अनुग्रह न हुआ। उस कार्तवीर्य के वंश में वेदवेत्ताओं की सेवा करनेवाले इस 'प्रतीप' नामक राजा ने जन्म लिया है, जिसने अपनी दृढ़ता के कारण श्री का 'चंचलता' अपयश धो दिया है। इस तपस्वी ने तपस्या द्वारा अग्निदेवता को प्रसन्न करके सहायता का वर प्राप्त किया है। उसके प्रभाव में क्षत्रियों के संहारकर्ता परशुराम के परशु की धार

को यह कमलपत्र की धार से भी अधिक कोमल समझता है। यदि महिष्मती नगरी की चहारदीवारी के चारों ओर कमरबन्द की तरह लिपटी हुई और केशवेणी के समान लहरें खाते हुए जलप्रवाह से सुन्दर रेखा नदी को देखने की इच्छा है, तो तुम इस राजा की गृहलक्ष्मी बन जाओ।

वह देखने में सुन्दर राजा भी इन्दुमती को पसन्द नहीं आया। बादलों के हट जाने से निर्विघ्न चमकने वाला सोलह कलाओं से युक्त चन्द्रमा भी कमलिनी को खिलाने में समर्थ नहीं होता।

तब वह अन्तःपुर की रक्षिका सुनन्दा, राजकुमारी को आचार की शुद्धता के कारण माता और पिता दोनों वंशों की ख्याति को चमकाने वाले, देश-देशान्तर में प्रसिद्ध शूरसेन देश के राजा सुषेण के समीप ले जाकर बोली–मुनियों के आश्रम में जैसे सिंह और गौ, स्वभाव से विरोधी जीव आपस का विरोध छोड़ देते हैं, वैसे ही नीप वंश के अंकुर इस यज्ञपरायण राजा में इकट्ठे होकर अनेक परस्पर-विरोधी गुणों ने विरोध-भाव छोड़ दिया है। इस राजा की जो कान्ति अपने घर में चांद की चांदनी की तरह शीतल होकर फैल रही है, वही परास्त होने के कारण सुनसान हुए शत्रुओं के घरों में असह्य तेज बनकर चमकती है। यमुना का जल अन्य सब स्थानों पर काला है, परन्तु इस राजा की नगरी मथुरा के पास जब राजपरिवार की स्त्रियां उसमें स्नान करती हैं, तो उनके वक्ष पर लगे चन्दन के कारण वह धौला हो जाता है, जिससे प्रतीत होने लगता है कि मानो वहीं यमुना और गंगा का संगम हो गया है। गरुड़ से डरे हुए यमुना-तटवासी कालिया सर्प के द्वारा दी हुई मणि को छाती पर धारण करके यह राजा सुषेण शोभा में कौस्तुभधारी कृष्ण को भी मात दे रहा है। हे राजकुमारी, यदि तुम कुबेर की वाटिका से भी अधिक सुन्दर वृन्दावन में कोमल पल्लवों से ढकी हुई पुष्पशय्या पर विश्राम करने का विचार रखती हो तो अपनी यौवन-श्री इन युवा को समर्पित करो। तुम वहां वर्षाऋतु में, गोवर्धन पर्वत की सुन्दर कन्दराओं में, जलकणों से भीगे हुए पहाड़ी फलों से सुगन्धित शिलातलों पर, मोरों का मनोहारी नाच देखोगी।

जैसे समुद्र की ओर बहने वाली नदी मार्ग में आए हुए ऊंचे पर्वतों को लांघ जाती है, वैसे ही इन्दुमती उस वीर राजा को छोड़कर आगे चली गई।

आगे कलिंग के राजा हेमाङ्गद का आसन था। उसकी भुजाओं पर केयूर शोभायमान हो रहा था। सुनन्दा उसे लक्ष्य करके इन्दुमती से बोली–

महेन्द्र पर्वत के समान विशाल और दृढ़ यह राजा महेन्द्र पर्वत और समुद्र का स्वामी है। जब इसकी सेनाएं विजय-यात्रा के लिए चलती हैं, तब मद की

धारा बहाते हुए हाथी उनके आगे-आगे चलते हैं, मानो नदियों को साथ लिए महेन्द्र पर्वत स्वयं मार्ग-प्रदर्शन कर रहा हो। इस धनुर्धारी की भुजाओं पर निरन्तर धनुश्चालन के कारण प्रत्यंचा के निशान पड़ गए हैं, मानो इसके द्वारा मारे गए शत्रुओं की स्त्रियों के कज्जल-सहित आंसुओं की धाराओं के चिह्न हों। इसके प्रासाद के नीचे फैला हुआ समुद्र, प्रातःकाल प्रासाद के रोशनदान में से दिखाई देती हुई लहरों की गम्भीर ध्वनि से इसे जगा देता है, जिससे अन्य किसी प्राभातिक वाद्य की आवश्यकता नहीं रहती। इसके साथ तुम ताड़ के पत्तों के मर्मर शब्द से युक्त समुद्रतटों पर विहार करो, जहां अन्य द्वीपों से उड़ाकर लाए हुए लवंग पुष्परजों से सुगन्धित वायु तुम्हारे पसीने की बूंदों को सुखा देगी।

जैसे दैव के प्रतिकूल होने पर कुशल से कुशल नीतिज्ञ राजलक्ष्मी को अपने अनुकूल नहीं बना सकता, वैसे ही सुनन्दा के बहुत लुभानेवाले वाक्य भी इन्दुमती को महेन्द्र की ओर आकृष्ट न कर सके। सुनन्दा इन्दुमती को आगे ले गई, जहां सुन्दरता में देवताओं के समान उरग नामक नगर का राजा विराजमान था। वह बोली—राजकुमारी, इधर देखो, यह पाण्डुदेश का राजा पाण्ड्य है। इसकी चन्दन से सुशोभित छाती पर लम्बे लटकते हुए हार ऐसे दमक रहे हैं मानो प्रातःकाल की सूर्य-किरणों से लाल-लाल दीखनेवाली हिमालय की हिमाच्छादित चोटियों से गिरता हुआ जलनिर्झर हो। विन्ध्यपर्वत को सूर्य के मार्ग में अड़ने से रोकने वाले तथा समुद्र को सुखाकर भर देने वाले ऋषि अगस्त्य, अश्वमेध की समाप्ति पर स्नान से निवृत्त हुए यशस्वी क्षत्रिय से प्रेमपूर्वक कुशल समाचार पूछने आते हैं। अभिमान से भरा हुआ लंकापति रावण जब इन्द्रलोक को जीतने के लिए उत्तर की ओर जाने लगा, तब इस आशंका से कि कहीं यह पीछे जनस्थान-प्रदेश पर अधिकार न जमा ले, वह पाण्ड्य से सन्धि करने के लिए बाधित हुआ था। हे राजकुमारी! इस महाकुलीन राजा का पाणिग्रहण करके तुम रत्नों की लड़ी से सुभूषित समुद्ररूपी कमरबन्दवाली दक्षिण दिशा की सपत्नी बन जाओगी। यदि तुम पाण्ड्य का वरण करो तो तुम्हें मलय पर्वत के ताम्बूल की बेलों द्वारा आलिंगित, सुपारी, इलायची आदि लताओं द्वारा परिवेष्टित, चन्दन और तमाल के पत्तों से बने हुए आस्तरणों के अलंकृत प्रदेशों में विहार करने का अवसर मिलेगा। नीलकमल के समान नीली छविवाला यह राजकुमार है और रोचना के सदृश गोरे रंग की तुम हो। जैसे बिजली और काले बादल की शोभा एक-दूसरे से बढ़ती है, उसी प्रकार तुम्हारी भी बढ़ेगी।

सुनन्दा ने पाण्ड्य के सम्बन्ध में जितने उपदेश दिए, इन्दुमती के हृदय पर उनमें से एक का भी प्रभाव न पड़ा। सूर्य के अदर्शन से बन्द हुए नलिनी के फूल को खोलने में चन्द्र की किरणें कभी समर्थ नहीं होतीं। वह पतिंवरा राजकुमारी जलती हुई दीपशिखा के समान जिस-जिस राजा के पास से गुज़रती जाती थी, राजमार्ग के दोनों और बने हुए विशाल भवनों की तरह उसी पर अंधेरा छाता जा रहा था।

जब इन्दुमती अज के समीप पहुंची तब अज का दिल यह सोचकर धड़कने लगा कि यह मेरा वरण करेगी या नहीं, किन्तु उस समय उसकी दक्षिण भुजा के केयूरबन्ध के स्थान में जो फड़कन पैदा हुई, उसने उसके सन्देह को दूर कर दिया। उस सर्वांग-सुन्दर क्षत्रिय राजकुमार के सामने जाकर राजकुमारी रुक गई। फूले हुए सहकार के पौधे को पाकर भौरों की पंक्ति अन्य पौधों के समीप नहीं जाती।

जब सुनन्दा ने देखा कि राजकुमारी का मन अज की ओर आकृष्ट हो गया है, तब वह राजवंशों के वृत्तान्त में प्रवीण प्रतिहारी विस्तार सहित यों कहने लगी—

इक्ष्वाकु के वंश में ककुत्स्थ नाम का एक वीर उत्पन्न हुआ, जो राजाओं में ककुद के समान उन्नत और श्रेष्ठ था और चक्रवर्ती के लक्षणों से युक्त था। उत्तरकोसल देश के शासक उसी वीर के नाम से ककुत्स्थ कहलाते हैं। उस पराक्रमी ककुत्स्थ के वंश में यशस्वी और कुल को उज्ज्वल करनेवाले उस राजा दिलीप ने जन्म लिया, जिसने निन्यानवे राजसूय यज्ञ करके सौवां यज्ञ केवल इसलिए अधूरा छोड़ दिया कि देवताओं के राजा इन्द्र के मन को पीड़ा न पहुंचे। उसके राज्यकाल में जब नाचनेवाली स्त्रियां थककर क्रीड़ा-स्थान के मध्यमार्ग में सो जाती थीं, तब वायु का साहस नहीं होता था कि उनके कपड़ों को हिलाए, हाथ तो डाल ही कौन सकता था! उस राजा दिलीप का पुत्र रघु अब शासन कर रहा है। सम्राट् रघु ने दिग्विजय करके विश्वजित् नामक यज्ञ को पूर्ण किया और यज्ञ की समाप्ति पर चारों दिशाओं से एकत्र हुई विभूति का दान कर दिया, जिससे उसके पास केवल मिट्टी के बर्तन शेष रह गए। उसका यश आज पृथ्वी की सीमाओं को पार कर गया है। वह पहाड़ों से ऊँचा चला गया है, समुद्रों से पार हो गया और पाताल को छेदकर उसके भी नीचे फैल गया है, जैसे स्वर्ग के स्वामी इन्द्र का जयन्त नाम का पुत्र है, उसी प्रकार यह कुमार राजा रघु का तेजस्वी उत्तराधिकारी है, जो पिता के लिए शासनभार उठाने में समानरूप से सहायक हो रहा है। कुल,

कान्ति, चढ़ती आयु और अनेक विद्या, शील आदि गुणों में यह तुम्हारे समान है। हे राजकुमारी, तुम इसके गले में वरमाला पहना दो। हीरा स्वर्ण से मिल जाए।

सुनन्दा का वचन समाप्त होने पर नैसर्गिक लज्जा को दबाकर इन्दुमती ने प्रसन्न और निर्मल दृष्टि से कुमार अज को इस प्रकार स्वीकार कर लिया, मानो वरमाला पहना दी हो। राजकुमारी वहां मुग्ध-सी होकर खड़ी रह गई। कुलीनता के कारण मुंह से कुछ न कह सकी। उसके मन की अभिलाषा का अनुमान केवल शरीरव्यापी रोमांच से हो रहा था। यह देखकर प्रतिहारी ने सखीभाव से परिहास करते हुए कहा—आर्ये, चलो आगे चलें। इसपर रोषभरी दृष्टि से उसने सुनन्दा की ओर देखा और निर्देश किया कि राजकुमार के कण्ठ में वरमाला पहना दे। प्रतिहारी सुनन्दा ने शरीरधारी प्रेम के सदृश मांगलिक सिन्दूर से रक्तवर्ण हुई माला को अज के गले में पहना दिया। विशाल वक्षःस्थल तक लटकनेवाले उस मंगलमय पुष्पों के हार को पहनकर राजकुमार ऐसा अनुभव करने लगा मानो विदर्भराज की कन्या की कोमल भुजाएं उसके गले का स्पर्श कर रही हों।

उस दृश्य से अत्यन्त प्रसन्न होकर विदर्भ के निवासी कहने लगे कि मेघों से मुक्त उज्ज्वल चन्द्रमा को चांदनी प्राप्त हो गई और शीतल समुद्र में भगवती गंगा अवतीर्ण हो गईं। ये वाक्य स्वयंवर में उपस्थित अन्य राजाओं को बहुत कटु प्रतीत हुए। उस समय वहां एक ओर स्वयंवर के सुन्दर परिणाम से कन्या-पक्ष के लोग बहुत प्रमुदित हो रहे थे, तो दूसरी ओर निराश राजाओं के मन में जलन पैदा हो रही थी। स्वयंवर-मण्डप की दशा उस तालाब-सी हो रही थी, जिसमें उषाकाल में एक ओर कमलिनी खिल रही हो, दूसरी ओर कुमुदिनी मुरझा रही हो।

अज का राजतिलक

विदर्भ का राजा भोज, स्वयंवर की समाप्ति पर अपनी बहिन इन्दुमती को लेकर राजधानी की ओर प्रस्थित हुआ। प्रातःकाल के चांद तथा अन्य नक्षत्रों के समान मुरझाए हुए चेहरों को लिए, निराश भूपति लोग भी अपने-अपने डेरों को रवाना हो गए। स्वयंवर में स्वर्ग के स्वामी इन्द्र की पत्नी शची स्वयं उपस्थित थीं, इस कारण क्रोधी होने पर भी राजा लोग शान्त रहे। उधर वर नये सजावट के सामान से सुशोभित, इन्द्रधनुष के समान रंग-बिरंगे अर्धचन्द्राकार तोरणों से युक्त उस राजमार्ग पर पहुंचा, जहां दोनों ओर लगी हुई ध्वजाओं ने छत्र बनकर धूप को रोक रखा था। सोने के झरोखोंवाली हवेलियों पर से उस सुन्दर युगल को देखने के लिए नगरी की महिलाएं भांति-भांति से व्यस्तता प्रकट कर रही थीं।

किसी कामिनी का केशपाश गवाक्ष पर जाने की घबराहट में खुल गया, उसपर लिपटी हुई माला का बन्धन भी टूट गया। पर वह तब तक उन्हें बांध न सकी और हाथ से ही रोके रही, जब तक वह गवाक्ष पर न पहुंच गई। कोई सुन्दरी पांव में महावर लगा रही थी, इतने में वर-वधू की सवारी राजमार्ग पर आ गई। सुन्दरी एकदम तेज़ी से झरोखे की ओर चल पड़ी, जिससे फर्श पर लाक्षारस की लाल रेखा खिंच गई। किसी ने अभी अपनी दाहिनी आंख में अंजन लगाया था, बाईं आंख में लगाने के लिए शलाका उठाई ही थी कि देखने के लिए खिड़की के पास जाना पड़ा, शलाका हाथ में ही रह गई। इसी प्रकार वर-वधू को देखने की उत्सुकता में नगर की रमणियां अपनी वेशभूषा और वस्त्राभरणों तक की सुध भूलकर खिड़कियों पर आ गईं। उनके सुगन्धित मुखों और चंचल नेत्रों को देखकर प्रतीत होता था मानो कमलिनियों पर भौरे मंडरा रहे हों। जब वे रमणियां अज को देख रही थीं, तब उनका ध्यान और किसी ओर नहीं था। प्रतीत होता था कि अन्य सब इन्द्रियों की वृत्ति भी पूर्णरूप से चक्षुओं में ही प्रवेश कर गई है।

राजकुमारी ने अच्छा ही किया कि दूर से ही विवाह के प्रस्ताव भेजनेवाले राजकुमारों को छोड़कर स्वयंवर से पति का वरण किया, अन्यथा लक्ष्मी के सदृश राजकुमारी नारायण के सदृश रघुकुमार को कैसे पाती? यदि विधाता इस सुन्दर जोड़े को आपस में न मिलाता तो उसका रूपनिर्माण का प्रयत्न व्यर्थ हो जाता। प्रतीत होता है कि राजकुमारी ने किसी पूर्व-जन्म की स्मृति से ही राजकुमार का वरण किया है अन्यथा सहस्रों राजाओं का जमाव होने पर भी यह कामदेव और रति की जोड़ी कैसे मिल जाती? नगर-सुन्दरियों की इस प्रकार की मधुर बातें सुनता हुआ राजकुमार मंगलसूचक विधि-विधानों से सजे हुए श्वसुर के महल के द्वार पर पहुंचा।

द्वार पर पहुंचकर राजकुमार अज हथिनी पर से उतरा तो कामरूप के राजा ने उसे सहारा दिया, विदर्भ का राजकुमार उसे मार्ग दिखाता चला। अज जैसे राजधानी की नारियों के हृदयों में प्रवेश कर गया था, उसी प्रकार आंगन में भी प्रविष्ट हो गया। वहां विवाहमण्डप में बहुमूल्य सिंहासन सजा हुआ था, अज उसपर विराजमान हुआ। रत्नजटित पात्र में उसके लिए मधुपर्क और अर्घ्य प्रस्तुत किया गया, और वधू के पिता की ओर से दुपट्टों का जोड़ा दिया गया।

महिलाओं की दृष्टियों के साथ ही उसने इन सब वस्तुओं को भी सादर ग्रहण कर लिया। जैसे पूर्णचन्द्र की किरणें फेनिल समुद्र के जल को उकसाकर बेला के पास ले जाती हैं, वैसे ही अन्तःपुर के विनीत परिजन दुकूलधारी वर को वधू के समीप ले गए। वहां भोज देश के राजा ने पहले तेजस्वी पुरोहित की विधिपूर्वक पूजा की। फिर पुरोहित ने यज्ञ कुण्ड में अग्न्याधान करके उसमें आज्यादि सामग्री से होम किया और उस यज्ञाग्नि को साक्षी बनाकर वर-वधू का गठजोड़ा कर दिया। राजकुमार अपने हाथ में वधू के हाथ को लेकर ऐसे शोभायमान हो रहा था, मानो आम का वृक्ष अपने पल्लव से समीपस्थ अशोकलता के प्रवाल का ग्रहण कर रहा हो। उस एक ही क्षण में दोनों में प्रेम की भावना भिन्न-भिन्न रूप में प्रकट हुई। अज का शरीर रोमांचित हो रहा था, और इन्दुमती की अंगुलियां पसीज रही थीं। दोनों एक-दूसरे को संस्कार की क्रिया के समय देखने को उत्सुक थे, परन्तु लज्जावश पूरी तरह नहीं देख रहे थे। आंखों के कोने से देखने का यत्न करते और दृष्टियां मिलने पर उन्हें पलट लेते थे। प्रज्वलित यज्ञाग्नि की प्रदक्षिणा करते हुए वे दोनों ऐसे प्रतीत हो रहे थे, मानो सदा सम्बद्ध दिन और रात चमकते हुए मेरु पर्वत के इर्द-गिर्द घूम रहे हों। प्रदक्षिणा के पश्चात् पुरोहित के आदेशानुसार वधू ने लाजाओं की आहुति दी। आज्य और लाजाओं की आहुतियों

से उठा हुआ सुगन्धित धूम्र इंदुमती के कानों में कर्णाभूषण के समान शोभायमान हो रहा था। यज्ञाग्नि के धुएं के कारण वधू की आंखों में जल आ रहा था, कानों में पहना हुआ बीजांकुर नाम का पुष्पों का गहना मुरझा गया था, और उसके कपोल लाल हो रहे थे। संस्कार के अन्त में अज और इन्दुमती पर स्नातकों, सम्बन्धियों सहित राजा और गृहस्थ स्त्रियों ने गीले अक्षत बरसाए।

इस प्रकार विधिपूर्वक बहिन का पाणिग्रहण-संस्कार सम्पादित करके विदर्भराज ने अधिकारियों को आदेश दिया कि स्वयंकर में आए हुए अन्य नरेशों का आदर-सत्कार करें। नरेशों के हृदय में जलन थी, और मुंह पर मुस्कराहट। उनकी उस तालाब-सी गति हो रही थी, जिसकी सतह पर शान्ति हो परन्तु अंदर भयानक मगरमच्छ विचर रहे हों। भोजराज ने उन्हें जो भेंट दी, उसे उपहार के रूप में वापस करके वे लोग राजधानी से विदा हो गए!

राजधानी से तो राजा लोग विदा हो गए, परन्तु उनके दिलों में खोट था। पूर्व-निश्चित इशारे के अनुसार कुछ दूर जाकर इन्दुमती को छीनने के लिए हिंस्र जन्तुओं के समान क्रोध में भरे हुए नरेशों का दल मार्ग रोकने के लिए एकत्र हो गया। राजा भोज ने भी अपनी बहिन का विवाह भली प्रकार समाप्त करके और अपने उत्साह के अनुसार उपहार देकर राघव को विदा किया, और स्वयं पीछे-पीछे चला। भोज तीन पड़ाव तक राजकुमार के साथ रहा। उसके पश्चात् अपनी राजधानी को लौट आया। राजाओं को दिग्विजय के समय सम्राट् रघु ने परास्त किया था, और उनसे कर वसूल किया था, इस कारण वे पहले से ही असन्तुष्ट थे। अब वे इस बात से तिलमिला उठे कि स्त्रीरत्न भी उसी के पुत्र के हाथ लगा। फलतः उस अभिमानी राजाओं के दल ने इन्दुमती को लेकर जाते हुए अज का रास्ता रोक लिया।

राजकुमार ने भोज-कन्या की रक्षा का कार्य अपने पिता के मन्त्री के नेतृत्व में सेना के सुपर्द किया, और जैसे उमड़ती हुई गंगा के जल को शोणनद अपनी छाती पर ले लेता है, उसी प्रकार उसने शत्रुओं की महती सेना को थाम लिया। युद्ध में बराबर की टक्कर हुई। पैदल-पैदल से भिड़ गया, घुड़सवार घुड़सवार से और गजारूढ़ गजारूढ़ से जूझ गया। बिगुल बज रहे थे, इस कारण दोनों ओर के योद्धा जो अपने नाम और कुल की घोषणा करते थे, वह सुनाई नहीं देता था। उनकी सूचना एक-दूसरे पर चलाए गए बाणों पर अंकित नामादि से ही होती थी। युद्ध की भयानकता बढ़ती गई। घोड़ों की टापों से जो धूल उड़ी उसे रथों के चक्रों ने गहरा कर दिया, और जब हाथियों के विशाल कानों ने उसे पंखों

की तरह हिलाकर फैलाया तो धूलि ने सूर्यमण्डल को ढक लिया। आकाश इतना धूलि-धूसरित हो गया कि रथ का अनुमान पहिए के शब्द से, हाथी का अनुमान गले में बंधे हुए घण्टे के निनाद से, और योद्धाओं का अनुमान अपने मालिक के नाम की घोषणा से हो रहा था। सेनाओं के संघर्ष से उत्पन्न उस धूल के घोर अन्धकार में मरे हुए घोड़ों और हाथियों का रुधिर-प्रवाह उषाकाल की लालिमा की तरह चमक रहा था। रणभूमि शीघ्र ही रक्त से सराबोर हो गई जिससे धूलि की जड़ें कट गईं, और आकाश में धूलि इस प्रकार दीखने लगी जैसे बुझती हुई आग का धुआं हो।

युद्ध ने अत्यन्त भयंकर रूप धारण कर लिया। शत्रु के शस्त्र से बेहोश हुए वीर जब होश में आते थे, तब ध्वजाओं को पहचानकर घायल करने वाले शत्रु को ही मारते थे। वीरों की बलिष्ठ भुजाओं से फेंके हुए बाण यदि मार्ग में शत्रु के बाणों से काट भी दिए जाते थे, तो भी उनके अग्रभाग अपने प्रारम्भिक वेग से लक्ष्य तक पहुंच ही जाते थे। गजारूढ़ सैनिकों के सिर तेज धारवाले चक्रों से काट दिए जाते थे। तो भी श्येनपक्षी केशों को पंजों में दबोचकर उन्हें ले आकाश में देर तक मंडराते रहते थे। फलतः वे पृथ्वी पर बहुत देर में गिरते थे। संग्राम की इस भीषणता में भी वीर योद्धा क्षात्र-धर्म के नियमों को नहीं भूलता था। जब उसके प्रहार से विरोधी घुड़सवार घोड़े की पीठ पर ही मूर्च्छित हो जाता था, तब प्रहर्ता उसपर दूसरा प्रहार न करके यह चाहता था कि वह शीघ्र ही होश में आए और बराबरी की लड़ाई हो। युद्ध में मरे हुए हाथी-सवार योद्धाओं की नंगी तलवारें हाथों से छूटकर जब हाथियों के दांतों पर पड़ती थीं तो आग उत्पन्न हो जाती थी, जो मस्त हाथियों के गण्डस्थल से बहते हुए जल से शांत हो जाती थी। वह युद्ध-भूमि मृत्यु की मधुशाला-सी बन रही थी। बाणों से कटे हुए योद्धाओं के सिर फल की तरह सज रहे थे, नीचे गिरे हुए शिरोवस्त्र प्यालों की जगह थे, जिनमें रुधिर सुरा के समान ढल रहा था। कई क्षत्रिय वीरगति को प्राप्त होने पर स्वर्गगामी विमान में अप्सराओं के संग आरूढ़ होकर आकाश से अपने ही कबन्ध को नाचता हुआ देख रहे थे। युद्ध की भीषणता का यह हाल था कि दो योद्धा सारथियों के मर जाने पर स्वयं ही अपने रथों के सारथि बन गए थे, घोड़ों के मरने पर पैदल होकर, गदाओं के भी टूट जाने पर गुत्थमगुत्था हो गए। दो वीरों ने एक-दूसरे पर इकट्ठा ही प्रहार किया, जिससे दोनों के इकट्ठे ही प्राण निकल गए, और दोनों इकट्ठे स्वर्ग में पहुंचे तो वहां दोनों में केवल एक अप्सरा की प्राप्ति के कारण विवाद छिड़ गया।

जैसे आगे और पीछे के तूफान की थपेड़े खाकर समुद्र की लहरें कभी ऊपर उठतीं हैं और कभी नीचे गिरती हैं, उसी प्रकार वे दोनों सैन्य समूह क्रमशः कभी विजय की ओर बढ़ते और कभी नष्ट होते दिखाई देते थे। शत्रुओं ने अज की सेनाओं को छिन्न-छिन्न कर दिया, तो भी अज तो शत्रुओं की ओर बढ़ता ही गया। बायु धुएं को उड़ा सकती है, परन्तु अग्नि तो उधर ही जायेगी जिधर घास का ढेर है। वह मैदान में अकेला खड़ा रह गया, परन्तु रथ, तूणीर, कवच और धनुष आदि शक्तियों से सुसज्जित वह उस बाढ़ को ऐसे रोक रहा था, जैसे प्रलयकाल में उमड़ते हुए सागर के जल को विष्णु के वराहावतार ने रोका था। युद्ध में उसका दाहिना हाथ तूणीर से धनुष तक बाणों को निरन्तर शीघ्र पहुंचाता हुआ अनेक रूप-सा दिखाई देता था। उसके धनुष की कान तक खिंची हुई प्रत्यंचा मानो शत्रुओं का नाश करनेवाले बाणों को प्रतिक्षण जन्म दे रही थी। उसने अपने धनुष से मुक्त बाणों द्वारा काट-काटकर रणक्षेत्रों में नरमुण्डों का ढेर लगा दिया। उन नर-मुण्डों के होंठ क्रोध के मारे काटते-काटते लाल हो गए थे, त्योरियों की रेखायें स्पष्ट रूप से चढ़ी हुई थीं, और अब तक भी मुंह में मानो हुंकार का शब्द भरा हुआ था। अज का यह पराक्रम देखकर राजा लोग सब सेनाओं और सब शस्त्रास्त्रों की सहायता से उसी पर आक्रमण करने लगे। जैसे कुहरे से ढके हुए प्रभात का अनुमान केवल धुंधले-से सूर्य से लगाया जाता है, वैसे ही उस समय रथ के अस्त्रों द्वारा ढके जाने पर उसका अनुमान केवल ध्वजा से लगाया जा सकता था। ऐसी संकटमय दशा में राजकुमार को प्रियंवद से प्राप्त सम्मोहनास्त्र का स्मरण आया। उसने शत्रुओं की सेना पर उस अस्त्र का प्रयोग कर दिया। सम्मोहनास्त्र का प्रहार होने पर शत्रुओं की सेना की ऐसी दशा हो गई कि जो हाथ धनुष की प्रत्यंचा खींच रहे थे वे वहां से छूट गए, शिरस्त्राण कंधों पर गिर गए, और शरीर ध्वजा के खम्भे पर झुक गए। शत्रु की सेना सो गई। उस समय विजयी राजकुमार ने शंख उठाकर होंठो से लगाया और ज़ोरदार विजय-ध्वनि की, मानो उस शंख के मार्ग से भुजबल से रचाए हुए विशुद्ध यश का पान कर रहा हो। अपने सेनापति के शंखस्वर को पहचानकर भागते हुए योद्धा लौटा आए और यह देखकर हर्ष से फूल गए कि राजकुमार तालाब में कुम्हलाए पंकजों के मध्य में चन्द्रमा के प्रतिबिंब की भांति शोभायमान हो रहा था। मूर्च्छित नरेशों के रथ-केतुओं पर राघव द्वारा अंकित किए हुए रक्तरंजित बाण मानों नरेशों से कह रहे थे कि तुम्हारा केवल यश छीना गया है, प्राण नहीं, इसका कारण कृपा है, अशक्ति नहीं।

बेचारी इन्दुमती संग्राम की भयानकता से घबरा-सी रही थी। युद्ध से जीतकर जब राजकुमार वधू के पास आया, तब उसका एक हाथ धनुष की कोटि पर रखा हुआ था, केश-समूह शिरस्त्राण में से निकलकर कपोलों पर फैल रहा था और माथे पर पसीने की बूंदे झलक रही थीं। राजकुमार ने इन्दुमती से कहा—इन राजाओं को देखो, अब बच्चा भी इनके हथियार छीन सकता है। ये लोग इसी बहादुरी के बल पर मुझसे तुम्हें छीनना चाहते थे।

दर्पण पर से सांस की भाप को दूर कर देने से जैसे मनुष्य का चेहरा स्पष्ट दीखने लगता है, उसी प्रकार शत्रुओं का भय हट जाने से इन्दुमती का चेहरा भी प्रसन्न और व्यक्त दीखने लगा

आज की विजय से इन्दुमती बहुत प्रसन्न हुई, जो भी हो, उसने अपनी प्रसन्नता स्पष्ट रूप से प्रकट नहीं की। जैसे आषाढ़ की वृष्टि से तृप्त हुई भूमि बादलों का अभिनन्दन मयूरी केका-शब्दों से करती है, वैसे ही राजकुमारी ने लज्जावश राघव का अभिनन्दन सखियों द्वारा किया।

इस प्रकार सम्राट रघु का पुत्र विरोधी राजाओं के मस्तकों पर पांव धरकर उस निर्दोष राजकुमारी को घर ले आया। सेना के अश्वों के खुरों से उठे हुए रेणुओं ने इन्दुमती के सुन्दर केशों को सुखा कर उसे साक्षात अज की विजय-लक्ष्मी का रूप दे दिया था।

रघु को अज की विजय का वृत्तान्त पहले ही विदित हो गया था। विजयी पुत्र के उत्तम वधू सहित राजधानी में पहुंचने पर सम्राट् ने उसका हार्दिक अभिनन्दन किया और समस्त परिवार और राज्य का भार उसके कन्धों पर डालकर स्वयं शान्ति मार्ग का अवलम्बन किया। यह सूर्यवंशी राजाओं की कुलप्रथा थी कि पुत्र के समर्थ हो जाने पर वे गृह छोड़कर तपोवन के निवासी बन जाते थे।

अज का स्वर्गवास

रघु ने अज की कलाई पर विवाह-सूत्र बंधने के साथ ही उसके हाथ में पृथ्वी का राजदण्ड भी सौंप दिया। जिस राज्यलक्ष्मी को पाने के लिए राजपुत्र भयानक दुष्कर्म करने में भी संकोच नहीं करते, उसे अज ने पिता का आदेश समझकर ही ग्रहण किया, भोग की तृष्णा से प्रेरित होकर नहीं। जब वसिष्ठ मुनि ने राजतिलक के अवसर पर, जल से अज और वसुधा का साथ ही साथ अभिषेक किया, तब वसुधा भी मानो खुली सांस लेकर उत्तम पति प्राप्त होने सें उत्पन्न हुए आनन्द को सूचित करने लगी। अथर्ववेद में विहित विधि-विधान के वेत्ता वसिष्ठ मुनि द्वारा अभिषेक किए जाने पर अज शत्रुओं की पहुंच से बाहर हो गया। जब ब्राह्मण का ज्ञानबल और क्षत्रिय का अस्त्रबल परस्पर मिल जाते हैं, तब दोनों एक-दूसरे के सहायक बने हुए अग्नि और पवन के समान असह्य हो जाते हैं। अज अपने पिता के समान ही गुणवान था। प्रजा को उसे पाकर ऐसा भान होने लगा मानो रघु ही फिर से युवा हो गया है। जनता में अज इतना लोकप्रिय था कि राज्य का हर एक व्यक्ति अपने को राजा का विशेष कृपापात्र समझता था। जैसे समुद्र सभी नदियों को समानरूप से मान-पूर्वक ग्रहण कर लेता है, वैसे ही रघु के लिए भी सारी प्रजा समान थी। जैसे वायु वृक्षों को झुका देती है, परन्तु जड़ से उखाड़कर नहीं फेंक देती वैसे ही अज शत्रुओं के लिए न तो अत्यन्त कठोर था, और न अत्यन्त नर्म ही। वह मध्यमार्ग का अनुयायी था। सदा अन्य शक्तियों को दबाकर रखता था, परन्तु सर्वथा नष्ट नहीं करता था।

रघु ने जब देखा कि अज को प्रजाजनों ने प्रेम से अपना लिया है तो वह इस लोक के तो क्या, स्वर्गलोक के सुखों की ओर से भी उदासीन हो गया। उसने मुनियों के योग्य बाना पहन लिया। जब अज ने यह सुना तो तपोवन में जाकर अपने मुकुट-सुशोभित सिर को पिता के चरणों में झुका दिया, और यह

प्रार्थना की कि मेरा परित्याग न कीजिए। श्रद्धा से की गई पुत्र की उस प्रार्थना को रघु ने स्वीकार कर लिया, और यह संसार का त्याग न किया, परन्तु राजकाज में भाग लेने से इन्कार कर दिया। जैसे सांप उतारी केंचुली को फिर से नहीं पहनता, वैसे ही तपस्वी रघु ने भी छोड़े हुए राज्य को ग्रहण नहीं किया। नगर के बाहर, एकान्त स्थान में रहकर वह योग साधना में लीन हो गया, और कुछ समय पश्चात् समाधि द्वारा शरीर त्याग कर परमपद को प्राप्त हो गया। अज ने जब पिता के प्रयाण का समाचार सुना तो चिरकाल तक आंसू बहाकर मृत शरीर की अन्तिम क्रिया भिक्षुओं के समान अग्निरहित पद्धति से की।

शरीर की अनित्यता का विचार करके वीर अज ने शीघ्र ही शोक का परित्याग कर दिया और अपना सारा ध्यान प्रजा के पालन में लगा दिया। योग्य पति के प्राप्त होने से पृथ्वी रत्नों की और महारानी इन्दुमती पुत्र की जननी हो गई। अज का पुत्र सहस्त्र किरणों वाले सूर्य के समान तेजस्वी था। उसका यश दशों दिशाओं में व्याप्त होने वाला है, यह विचार करके पिता ने उसका नाम दशरथ रखा। वह विद्या द्वारा ऋषिऋण, यज्ञों द्वारा देवऋण और सन्तान द्वारा पितृऋण को चुकाकर उऋण हो गया। मानो सूर्य ग्रहण-मण्डल से मुक्त हो गया हो। अज का वैभव और गुण दोनों ही अन्यों के लिए थे। शक्ति द्वारा वह दुःखियों के दुःख का निवारण करता था तो उसकी विद्या विद्वानों के सत्कार के काम में आती थी।

एक बार प्रजा की सुख-समृद्धि और उत्तम सन्तान की प्राप्ति से निश्चिन्त होकर वह नगर के समीप, नन्दन के समान एक सुन्दर उपवन में, शची-सहित इन्द्र के सदृश आनन्द-विहार कर रहा था। उसी समय नारद मुनि दक्षिण-समुद्र के तटवर्ती गोकर्ण नामक स्थान की ओर महादेव की आराधना के लिए जाते हुए आकाश-मार्ग से गुजरे। अकस्मात् वेगवान वायु ने वीणा के अग्रभाग पर टंगी हुई दिव्यपुष्पों की माला का संभवतः उसकी सुगन्ध के लोभ से अपहरण कर लिया। उस माला की सुगन्ध के लोभ से जो भ्रमरों की पंक्ति उसके पीछे-पीछे चली, वह मानो पवन द्वारा अपमानित मुनि-वीणा की आंखों के अंजन से काली अश्रु-माला थी। दिव्यपुष्पों की माला पार्थिव पुष्पों की ऋतुजन्य विभूति को परास्त करती हुई नीचे आई और ठीक रानी इन्दुमती की छाती के मध्य भाग पर गिरी।

उरःस्थल पर गिरी हुई माला को क्षण-भर तो इन्दुमती ने देखा, फिर आंखें बन्द कर लीं। उस आघात को वह सह न सकी। वह अचेत होकर गिर गई, और जैसे दीपक का गिरता हुआ तेल उसकी लौ को भी साथ ले जाता है, वैसे ही पृथ्वी पर गिरती हुई इन्दुमती ने पति को भी भूतल पर गिरा दिया। उनके

गिरने पर समीपवर्ती सरोवर के पक्षी मानो सहानुभूति से शोर मचाने लगे। इस पर परिजन लोग वहां पहुंच गए, और अज तथा इन्दुमती को होश में लाने का यत्न करने लगे। अज को तो होश आ गया, पर इन्दुमती सचेत न हुई। उपाय भी तभी सफल होते हैं जब आयु शेष हो। तार-रहित वीणा के समान निःशब्द और निर्जीव इन्दुमती को गोद में उठाकर जब अज वहां से चला, तब ऐसे प्रतीत होता था मानो प्रभातकाल में मलिन मृगलेखा को धारण किए चन्द्रमा आकाशमार्ग से जा रहा हा। इन्दुमती के वियोग में अज की स्वाभाविक धीरता जाती रही, और वह साधारण मनुष्य की तरह विलाप करने लगा। ठीक भी है, अधिक गर्मी मिलने पर लोहा भी कोमल हो जाता है, शरीर का तो कहना ही क्या?

वह इस प्रकार विलाप करने लगा—यदि पुष्पों का सम्पर्क भी मनुष्य के प्राण ले सकता है तो और कौन-सी वस्तु है जिसे प्रहार की इच्छा होने पर विधाता अपना साधन नहीं बना सकता। अथवा विधाता का ढंग ही ऐसा है, वह कोमल वस्तु का संहार कोमल शस्त्र से ही करता है। वह कमल की कोमल पत्तियों को मारने के लिए ओस की शीत बूंद को काम में लाता है। परन्तु आश्चर्य है कि मैं इस माला को अपने हृदय पर रखता हूं तो यह मुझे नहीं मारती। यह भी ईश्वरेच्छा है। जो वस्तु एक के लिए विष है, वही दूसरे के लिए अमृत हो जाती है। यह मेरे भाग्य का ही दोष था कि जब बिजली गिरी तो वृक्ष बच गया, और उस पर आश्रित लता नष्ट हो गई। प्रिये, यदि मुझसे कोई बड़ा अपराध हो गया, तो भी तूने मेरा कभी अपमान नहीं किया। इस समय तो मुझसे कोई अपराध भी नहीं हुआ। फिर बोलना क्यों छोड़ दिया? परन्तु यह क्या, पवन से तेरे पुष्प-सुगन्धित घुंघराले केश हिल रहे हैं। मुझे ऐसा प्रतीत होता है कि तू जाग पड़ेगी। हे प्रिये, जाग, उठ, और जैसे रात के समय गुफा में फैले हुए अन्धकार को तृणज्योति नाम की औषधि नष्ट कर देती है, वैसे तू मेरे हृदय के विषाद को नष्ट कर दे। हे दयिते, प्रभात के समय अलग होकर सांझ के पश्चात् रात्रि चन्द्रमा को मिल जाती है और चकवी रात-भर अलग रहकर प्रभात-काल चकवे के पास आ जाती है। इन दोनों के विरह का अन्त हो जाता है, परन्तु तेरा वियोग तो अनन्त है--क्या वह मुझे न जलायेगा? जीवन-काल में ही मेरे लिए तूने अपने गुण अर्थों में सन्निहित कर दिए थे। जैसे, कोकिल में मधुर कण्ठस्वर, कलहंसी में मस्त चाल हरिणियों में चंचल दृष्टि, पवन से हिलती लताओं में सुंदर हाव-भाव परन्तु सब तेरे समान ही अच्छे लगते थे। अब तेरे अभाव में ये केवल दुःख को बढ़ाने के कारण होंगे। वाटिका में तूने आम के वृक्ष और प्रियंगु लता को इस

संकल्प से बड़ा किया था कि उनको विवाह के बन्धन में बांधेगी। अभी वे दोनों ही कुंआरे हैं। आज मैं बिल्कुल लुट गया। धैर्य का बांध टूट गया, हंसी-खेल विदा हो गए, संगीत शांत हो गया, ऋतुओं में कोई आनंद न रहा, ये सुंदर अलंकार व्यर्थ हो गए, और मेरी सेज खाली हो गई। मुझे तुमसे पृथक् करके विधाता ने सभी कुछ तो हर लिया—तू मेरी गृहिणी थी, पत्नी थी, अतरंग सहेली थी, और संगीतादि ललित कलाओं में मेरी प्रिय शिष्या थी। बस, प्रिये! सब ऐश्वर्य होते हुए भी मेरे आमोद-प्रमोद तो तेरे साथ समाप्त हो गए। अब तो केवल सांस लेते हुए जीना ही शेष है।

अपनी प्रिया के वियोग में कोसल देश के स्वामी का यह विलाप इतना करुणाजनक था कि शाखाओं के द्रवित होने से रस बहने लगा, जिससे वृक्ष भी आर्द्र हो गए। परिजन लोगों ने किसी प्रकार इन्दुमती के शव को अज की गोद से लेकर उसकी चन्दन, अगर आदि सुगन्धित वस्तुओं द्वारा अन्त्येष्टि क्रिया कर दी। राजा ने प्रिया के साथ ही चिता में प्रवेश नहीं किया। इसका यह कारण नहीं था कि उसे अधिक जीने की इच्छा थी, अपितु यह था कि संसार यह कहेगा कि कर्तव्य छोड़कर स्त्री के पीछे चला गया।

जिस समय अन्त्येष्टि के पश्चात् की सब क्रियाओं को उपवन में ही पूरा करके दस दिन के पश्चात् रात्रि व्यतीत हो जाने पर निस्तेज चन्द्रमा के सदृश अज ने राजधानी में प्रवेश किया, उस समय उसे नगर की स्त्रियों के आंसुओं में मानो सीमा का अतिक्रमण किए हुए अपने दुःख के अवशेष दिखाई दिए।

जब यज्ञ के लिए दीक्षित वसिष्ठ मुनि को अज की विकलता के समाचार मिले, तब उन्होंने अपने शिष्य द्वारा उसे सान्त्वना-सन्देश भेजा। वसिष्ठ के शिष्य ने अज से कहा—

यज्ञ आरम्भ हो चुका है। उसकी समाप्ति से पहले मुनि आश्रम से नहीं हट सकते। इस कारण उन्होंने अपना सन्देश देकर मुझे आपके पास भेजा है। उसे सुनो, और हृदय में धारण करो। मुनि समाधि द्वारा भूत, भविष्य और वर्तमान, तीनों कालों को जानते हैं। कुछ समय पूर्व, तृणबिन्दु नाम के एक ऋषि घोर तपस्या कर रहे थे। उनकी परीक्षा करने के लिए देवराज ने हरिणी नाम की अप्सरा को उनके पास भेजा। हरिणी ने आश्रम में जाकर जब तप के विरोधी हाव-भाव दिखाए, तब ऋषि की शांति का बांध टूट गया। और उन्होंने क्रोध में आकर शाप दे दिया कि तू मनुष्य-लोक में जन्म ले। बेचारी हरिणी ने ऋषि के चरणों में गिरकर निवेदन किया कि मैंने जो कुछ किया है, स्वामी की आज्ञा से किया है, और

क्षमा मांगी तो ऋषि को दया आ गई, उन्होंने शाप को नर्म कर दिया। उन्होंने कहा कि जब तुम्हें स्वर्गीय पुष्प के दर्शन होंगे, तब तुम शाप से छूट जाओगी। वह अप्सरा क्रथकैशिक राजाओं के वंश में इन्दुमती नाम से उत्पन्न हुई, और तुम्हारी पत्नी बनी। आकाश से गिरे हुए स्वर्गीय पुष्पों के हार ने उसे शाप से मुक्त कर दिया। इससे तुम्हें दुःखी न होना चाहिए, और न इस चिन्ता में अपने को घुला देना चाहिए। जो जन्म लेते हैं उन पर आपत्तियां तो आती ही हैं। तुम्हें पृथ्वी की पालना में लगना चाहिए, क्योंकि पृथ्वी ही राजाओं की असली पत्नी है। अपने अभ्युदय के समय में अभिमान का त्याग करके तुमने जिस धीरता का परिचय दिया था, आपत्ति के समय में साहस को न छोड़कर उसका पुनः परिचय देना चाहिए। रोकर भी तुम उसे कहां पा सकोगे? परलोक गए हुए जीव अपने कर्मों के अनुसार भिन्न-भिन्न योनियों में जन्म ले लेते हैं। हे राजन्, यह स्मरण रखो कि मरना मनुष्य का स्वाभाविक धर्म है, और जीना कृत्रिम है। मनुष्य यदि क्षण-भर भी जी लेता है, तो यह लाभ की बात है, यह भी सोचने की बात है कि जब मनुष्य के जीव और देह का मेल ही टूट जानेवाला है, तो बन्धु-बान्धवों का मेल अटूट कैसे हो सकता है? फिर उनके वियोग में दुःख कैसा? हे भूमिपाल, तुम्हें साधारण व्यक्तियों की भांति शोक से ग्रस्त होना शोभा नहीं देता। पेड़ और पर्वत में फिर भेद ही क्या है, यदि दोनों ही वायु के झोंके से कम्पित होने लगें?

'ऐसा ही होगा' यह कहकर अज ने गुरु के शिष्य को विदा कर दिया, परन्तु गुरु का सन्देश उसके शोकपूर्ण हृदय में घर न कर सका, इस कारण वह भी शिष्य के साथ ही मानो गुरु के पास चला गया। बालक की आयु अभी कम थी, इस कारण इन्दुमती के चित्रों और स्वप्न-दर्शनों द्वारा किसी तरह दिल बहलाकर अज ने आठ वर्ष काटे। उसके पश्चात् जैसे ठुका हुआ कील भवन के फर्श को तोड़ देता है, शोक ने उसके हृदय को बींध दिया, और प्रिया के पास शीघ्र जाने का साधन मानकर वह मृत्यु का भी स्वागत करने लगा। भली प्रकार सुशिक्षित और संस्कारयुक्त कुमार को राज्य का भार सौंपकर, रोगी शरीर का परित्याग करने के लिए उसने आमरण अमशन का आश्रय लिया, और गंगा तथा सरयू के संगम पर शरीर का त्यागकर स्वर्गलोक के नन्दन-वनों में प्रिया के साथ विचरण का अधिकार प्राप्त कर लिया।

पुत्र-वियोग का शाप

पिता के पश्चात्, जितेन्द्रिय राजाओं के चरणचिह्नों पर चलते हुए दशरथ ने उत्तरकोसल देश पर शासन किया। उनके शासन में प्रजा अत्यन्त सन्तुष्ट थी। अन्दर के रोगों और बाहर के शत्रुओं का कोई भय नहीं था। दशरथ के शान्तिमय, तेजस्वी शासन के कारण पृथ्वी भरपूर अन्न-फल प्रदान करती थी। रघु की दशों दिशाओं को जीतकर एकत्र की हुई जिस श्री की रक्षा अज ने की थी, पराक्रमी दशरथ के समय में भी उसकी शोभा घटी नहीं। वह मानो भूमि पर देवताओं का स्थानापन्न था। वह दुष्टों का दमन करने के कारण यम था, धन की वर्षा के कारण कुबेर था, और खेती के लिए जल की व्यवस्था करने के कारण वरुण का प्रतिनिधि बना हुआ था। उसे न शिकार का अधिक शौक था, और न जुए अथवा शराब का व्यसन था। नवयौवना प्रियतमा की आसक्ति भी उसे कर्तव्य के मार्ग से च्युत नहीं कर सकती थी। दशरथ ने देवताओं के राजा के सामने भी कभी दीन वचन नहीं कहा, उपहास में भी कभी झूठ नहीं बोला और शत्रुओं से भी कठोर भाषा का प्रयोग नहीं किया। राजा लोग उससे अभय और अस्त्र दोनों का पाठ सीखते थे। अनुकूलवर्तियों का वह सुहृदय अर्थात् गहरा मित्र था, और विरोधियों के लिए वह वज्र के समान कठोर हृदयवाला था।

उसने चतुरंगिणी सेना लेकर एकाकी ही समुद्रपर्यन्त भूमि पर विजय प्राप्त की। कुबेर के समान सम्पत्तिशाली दशरथ की विजय-दुन्दुभि समुद्र की उमड़ती लहरों के गम्भीर नाद में सुनाई दे रही थी। शत्रुओं के नाश के कारण विधवा हुई राजपत्नियों और मंत्रियों की प्रेरणा से बद्धांजलि होकर आए राजकुमारों की प्रार्थनाओं से द्रवित होकर दशरथ ने समुद्र-तट पर पहुंचकर अपनी विजय-यात्रा बन्द कर दी, और सेना के साथ अलका के समान सुन्दर अयोध्या नगरी में लौट आया।

अग्नि के समान तेजस्वी और चन्द्रमा के समान शीतल होने के कारण अत्यन्त सफल चक्रवर्ती राजा होता हुआ भी, यह सोचकर कि लक्ष्मी अत्यन्त चंचला है, वह सदा सावधान और प्रभाव-रहित होकर शासन करता था। जैसे ऊँचे पर्वतों से उत्पन्न हुई नदियां विशाल समुद्र को प्राप्त होती हैं, वैसे ही कोसल, केकय और मगध के प्रतिष्ठित राजाओं की पुत्रियां दशरथ को पत्नी-रूप में प्राप्त हुईं।

अकस्मात् स्वर्गलोक पर असुरों ने आक्रमण कर दिया। देवताओं के राजा इन्द्र ने अपनी सहायता के लिए चक्रवर्ती दशरथ को निमन्त्रण भेजा, जिसे स्वीकार करके दशरथ ने युद्ध में असुरों को परास्त किया और देवताओं की पत्नियों का आशीर्वाद प्राप्त किया। राजा प्रजा, मन्त्री और उत्साह इन तीन राजशक्तियों के समान तीन पत्नियों से युक्त थे। शत्रुओं को जीतने में कुशल राजा दशरथ स्वर्ग के राजा इन्द्र के समान शोभायमान होने लगे। इन्द्र के शत्रुओं को परास्त करने के कारण उसके विजय-संगीत निर्भय हुई अप्सराओं के मुंह से सुनाई देने लगे। तब उस विजेता ने मल का नाश करनेवाली तमसा नदी के तट पर स्पर्धा-रूपों में सुशोभित यज्ञ का आयोजन किया। दिग्विजय और राजसूय यज्ञ के कारण उसका पद इतना ऊँचा हो गया कि इंद्र के अतिरिक्त अन्य किसी के सामने उसका सिर नहीं झुकता था।

शरद् की समाप्ति पर मानो उत्तर दिशा की यात्रा करने के लिए भगवान भास्कर ने मलयाचल से प्रयाण कर दिया। पहले पुष्प खिले, फिर वनस्पतियों ने कोंपलों को जन्म दिया, उसके पश्चात् भौंरों और कोकिलों की ध्वनियां सुनाई देने लगीं, और अन्त में हरी-भरी वनस्थली को पार करके भूतल पर सुहावनी वसन्त ऋतु शोभायमान हो गई। हृदय में उमंग उत्पन्न करनेवाले वसन्त ऋतु के प्रभाव की प्रेरणा पाकर राजा दशरथ ने शिकार के लिए जाने का निश्चय किया। शिकार से उसका यह उद्देश्य नहीं कि व्यसन की पूर्ति करे, अपितु वह चलते हुए लक्ष्यों पर निशाना लगाने के अभ्यास और क्रोध के समय उनकी चेष्टाओं के अध्ययन, और परिश्रम द्वारा शरीर को हल्का और फुर्तीला करने के लिए मृगया करना चाहता था। मृगया के लिए जाने से पहले उसने अपने मन्त्रियों की अनुमति भी प्राप्त कर ली थी। मृगया के अनुकूल वेश धारण करके और विशाल धनुष को हाथ में लेकर जब वह अश्वारोही अनुयायियों के आगे-आगे वन की ओर चला तो खुरों से उठी हुई धूलि से आकाश आच्छादित हो गया। राजा ने अपने सिर के केशों को लता से बांध रखा था, वृक्षों के सदृश रंग वाला कवच धारण किया हुआ था, और घोड़े की चाल के साथ उसके कानों के कुण्डल हिलते थे।

इस वेश में वह बहुत ही शोभायमान हो रहा था। शिकार के लिए राजा के जंगल में घुसने से पहले वहां शिकारी कुत्तों और मृगों को बांधनेवाली रस्सियों को लेकर शिकारी लोग पहुंच चुके थे। आग और चोरों की आशंका का उपाय कर लिया गया था, घोड़ों के भोगने के योग्य मार्ग बना दिए गए थे और स्थान-स्थान पर प्याउओं की व्यवस्था कर दी गई थी।

राजा कई दिनों तक शिकार में लगा रहा। उसने जंगली सुअरों, हरिणों, सिंहों और शेरों का लक्ष्य बनाने में सफलता प्राप्त की। एक दिन हरिण का पीछा करता हुआ राजा अकेला पड़ गया, और थकान के कारण मुंह से झाग निकलते हुए घोड़े को भगाता हुआ तपस्वियों द्वारा सुशोभित तमसा नदी के तट पर आ पहुंचा। यहां उसे दूर से आता हुआ एक गंभीर शब्द सुनाई दिया, जिसे उसने हाथी की ध्वनि समझा और जंगली हाथी को मारने के लिए शब्दवेधी बाण का प्रयोग किया। वह शब्द वस्तुतः नदी से घड़े में पानी भरने का था। जब मनुष्य की आंखों पर रजोगुण का पर्दा छा जाता है, तब उसकी बुद्धि कर्तव्याकर्तव्य का विचार नहीं कर सकती। क्षत्रिय के लिए हाथी का वध निषिद्ध है। आखेट के जोश में दशरथ वही कर बैठा। उसका फल बहुत ही विकट हुआ। 'हा तात!' का करुणाजनक शब्द आकाश में गूंज गया। उसे सुनकर दशरथ लक्ष्यस्थान पर पहुंचा तो देखा कि बेंतो के झुरमुट में एक-मुनि कुमार घायल पड़ा है। उसे देखकर राजा के हृदय में भी तीर-सा चुभ गया। राजा ने घोड़े से उतरकर घड़े के सहारे पड़े हुए उस तपस्वी कुमार से परिचय पूछा तो उसे ज्ञात हुआ कि तपस्विनी शूद्रा माता के गर्भ से उत्पन्न हुआ तपस्वी पिता का पुत्र श्रवणकुमार है। मुनि कुमार के कहने से राजा उसे उठाकर उसके अन्धे माता-पिता के पास ले गया, और वहां अपना पूरा परिचय देकर यह निवेदन किया कि यह पाप मुझसे अज्ञानवश हुआ है। पुत्र की दशा जानकर बूढ़े माता-पिता ने बहुत विलाप किया, और राजा को प्रेरणा की कि वह बालक के शरीर से शर को निकाल दें। शर के निकालते ही खून की धारा बह निकली, जिससे कुमार का शरीर ठण्डा हो गया। तब क्रुद्ध पिता ने अपनी आंखों के जल को अंजलि में लेकर दशरथ को शाप दिया।

पिता ने कहा—जैसे बुढ़ापे में मैं पुत्र-वियोग में प्राण छोड़ रहा हूं वैसे तू भी पुत्र-वियोग में ही प्राण छोड़ेगा।

इस शाप को सुनकर दशरथ दुःखी भी हुआ और सुखी भी। उसके कोई सन्तान नहीं थी। उसने मुनि से कहा—भगवन्, मुझ सन्तानहीन को ऐसा शाप देकर आपने एक प्रकार से यह वरदान भी दे दिया है कि मेरे सन्तान होगी।

ऐसा भी है कि जंगल को जलाकर राख कर देनेवाली आग वहां की भूमि को उत्तम कृषि के योग्य बना देती है। राजा ने फिर निवेदन किया कि मैं अपराधी होने के कारण वध के योग्य हूं। आज्ञा दीजिए, मैं आपकी इच्छा पूरी करूंगा। मुनि ने यह इच्छा प्रकट की कि पुत्र के साथ ही पत्नी सहित चिता में भस्मीभूत होने के लिए ईंधन की व्यवस्था कर दी जाए। इस समय अनुचर वहां पहुंच गए थे। उनके द्वारा राजा ने उन तीनों की अत्येष्टि की व्यवस्था कर दी, और शाप के बोझ से दबा हुआ दुःख लेकर राजधानी को वापस आ गया। उस समय उसकी दशा उस समुद्र जैसी थी, जिसके अन्दर जलाने की शक्ति रखने वाला बड़वानल छिपा हुआ हो।

राम-जन्म

इन्द्र के समान तेजस्वी तथा प्रतापी राजा दशरथ को पृथ्वी का राज्य करते बहुत वर्ष व्यतीत हो गए। परन्तु उसे पितृ-ऋण चुकाने का एकमात्र साधन पुत्र प्राप्त न हुआ। मन्थन से पूर्व भी समुद्र में रत्न थे, परन्तु निमित्त न होने के कारण वे प्रकट न हुए। उस समय राजा दशरथ की भी ऐसी ही दशा थी। तब राजा को सन्तान प्राप्त हो, इस उद्देश्य से ऋष्यशृंगादि ऋषियों ने पुत्रेष्टि यज्ञ का आयोजन किया।

जिस समय यह यज्ञ आरम्भ हुआ उसी समय, जैसे धूप से बचने के लिए राही लोग वृक्ष के पास जाते हैं, रावण के अत्याचारों से सताए हुए देवगण विष्णु भगवान के पास जा पहुंचे। जब देवगण क्षीरसमुद्र में पहुंचे, तो भगवान की नींद खुल गई। यदि भेंट में देर न हो, तो समझ लो कि कार्यसिद्धि होगी। देवताओं ने झुककर भगवान को प्रणाम किया और स्तुति-वाक्यों द्वारा उनके असुरविनाशक तथा वाणी और मन के अगोचर रूप का इस प्रकार अभिनन्दन किया—

सृष्टि की रचना, पालन और संहार करने के कारण ब्रह्मा, विष्णु और शिव इन तीनों नामों से स्मरण किए जाने वाले भगवान, तुम्हें नमस्कार हो। जैसे वर्षा का जल पृथ्वी पर आकर देश-देश के विकारों को अपना हिस्सा बनाकर भी स्वयं जल ही रहता है, वैसे तुम भी सब व्यवस्थाओं में रहते हुए स्वयं निर्विकार रहते हो। तुम अपरिमित हो, परन्तु संसार तुमसे परिमित है। तुम्हें कुछ नहीं चाहिए, परन्तु तुम सब सज्जनों की अभिलाषाएं पूर्ण करते हो। तुम्हें कोई नहीं जीत सकता, परन्तु तुम सबको जीते हुए हो, और तुम स्वयं सूक्ष्मातिसूक्ष्म होते हुए भी स्थूल सृष्टि के कारण हो। योगाभ्यास द्वारा मन को अन्तर्मुख करके योगिजन तुम्हारे ज्योतिर्मय रूप को देखने का यत्न करते हैं। अनेक प्रकार के मत-मतांतर मानने वाले साधक लोग समुद्र में गिरने वाली गंगा की अनेक धाराओं की भांति एक तुम्हीं को प्राप्त हो जाते हैं। जैसे सिन्धु के गर्भ में वर्तमान रत्न गिने नहीं जा

सकते, और जैसे सूर्य की किरणें असंख्य हैं, वैसे ही हे प्रभो, तुम्हारे गुणों की तुलना नहीं हो सकती। तुम्हारी महिमा का वर्णन करके मौन हो जाना पड़ता है; उसका कारण यह नहीं कि तुम्हारी महिमा का अन्त है अपितु यह है कि हमारी स्तुति करने की शक्ति सीमित है।

इस प्रकार देवताओं ने भगवान विष्णु को स्तुति द्वारा प्रसन्न किया। वह स्तुति क्या थी, केवल भगवान के सच्चे गुणों का वर्णन था। स्तुति के पश्चात् कुशल प्रश्न करके देवताओं ने संसार के उस संकट का वर्णन किया, जो अकाल-प्रलय के समान उमड़ते हुए रावणरूपी समुद्र से हो रहा था। देवताओं का निवेदन सुनकर समुद्र-तट के पर्वतों की गुफाओं से प्रतिध्वनित होते हुए स्वर से भगवान बोले–

हे देवगण, जैसे तमोगुण सत् और रज को परास्त कर देता है, वैसे ही रावण द्वारा आप लोगों के परास्त होने की बात मुझे मालूम है। प्रमाद के कारण पाप से कुचले गए मन की भांति आप लोगों का रावण द्वारा दलित होना मुझे विदित है। हम दोनों का एक ही लक्ष्य है, इस कारण देवराज ने मुझसे रावण के नाश की प्रार्थना नहीं की, ठीक भी है! जब जंगल में आग लगती है तब वायु निमन्त्रण के बिना ही उसका सारथि बन जाता है। अपने दुष्ट कर्मों से रावण ने अपना सिर मानो मेरे चक्र का लक्ष्य बना दिया है। जैसे चन्दन का वृक्ष अपने साथ सर्प के सम्पर्क को यह समझकर सह लेता है कि विधाता की ऐसी इच्छा है, वैसे ही मैंने रावण की अब तक केवल इसलिए उपेक्षा की है कि उसे ब्रह्मा का वर प्राप्त है। उसने अपने तप से संतुष्ट करके ब्रह्मा से यह वर मांगा था कि 'मुझे देवताओं से अभय प्राप्त हो।' मनुष्य को तुच्छ जानकर उससे अवध्यता के वर की याचना नहीं की थी। सो मैं दशरथ के घर में जन्म लेकर रावण का नाश करूंगा–मैं रणक्षेत्र की बलिवेदी पर उसके कटे हुए सिररूपी कमलों की भेंट चढ़ाऊंगा। तुम लोग घबराओ नहीं। शीघ्र ही पृथ्वी पर यज्ञादि क्रियाएं निर्विघ्न रूप में होने लगेंगीं। आकाश में विचरण करने वाले लोग पुष्पक के डर को छोड़ निर्भय रूप से मेघ-रहित अन्तरिक्ष में विहार कर सकेंगे।

रावणरूपी दुर्भिक्ष के आंतक से कुम्हलाए हुए देव-शस्य को अपनी आशाभरी वाणी के अमृत से सींचकर वह अन्यायहारी मेघ तिरोहित हो गए।

राजा दशरथ का जो पुत्रेष्टि यज्ञ हो रहा था, उसके अन्त में पात्र में चरु लेकर एक दिव्यपुरुष उपस्थित हुआ। उसने इस सूचना के साथ वह चरु महाराज को दिया कि इसे रानियों को खाने के लिए बांट दिया जाए। महाराज ने चरु

का आधा-आधा भाग पटरानी कौशल्या और प्रिया कैकेयी को देकर उन्हें इशारा किया कि सुमित्रा को भी बांट दो। दोनों रानियों ने महाराज के आशय को समझकर अत्यन्त सौजन्य से अपने दोनों भागों में से आधा-आधा सुमित्रा को भी दे दिया। मद पर झूमनेवाली भ्रमरी हाथी के मस्तक के दोनों ओर बहनेवाली मदरेखाओं को समान रूप से प्यारी होती है। इसी प्रकार सुमित्रा दोनों रानियों को एक-सी प्यारी थी।

राजपत्नियां यथासमय गर्भवती हुईं। उस दशा में उन्हें जो स्वप्न आए, वे अत्यन्त मंगलसूचक थे। उन्हें अपने चारों ओर शंख, चक्र, गदा और धनुष धारण करने वाली मूर्तियां दिखाई देती थीं। उन्हें प्रतीत होता था कि वे आकाश में सुनहले पंखों से तेज को फैलानेवाले और पंखों के वेग से मेघों को विचलित करनेवाले सुवर्ण-गरुड़ पर सवारी कर रही हैं। पद्मपत्र से हवा करती हुई, कौस्तुभधारिणी लक्ष्मी उनकी सेवा में संलग्न है। आकाशगंगा में स्नान करके विशुद्ध हुए ब्रह्मर्षि वेदपाठ करते हुए उनकी उपासना कर रहे हैं। इस प्रकार के स्वप्नों को सुनकर राजा मन ही मन प्रसन्न होता था। उसे अनुभव होता था कि जैसे एक ही चन्द्रमा विशुद्ध जल में प्रतिबिम्बित होकर अनेक रूपों में दिखाई देता है, वैसे ही एक भगवान अनेक रूप धारण करके पत्नियों के गर्भों में विद्यमान हैं।

समय आने पर पटरानी कौशल्या ने रात्रि के अन्धकार को नष्ट करने वाली ज्योति के समान तेजस्वी बालक को जन्म दिया। बालक की सुन्दरता से प्रभावित होकर राजा ने उसका, संसार के लिए मंगलकारी 'राम' यह नाम रखा। रघुवंश के उस दीपक के जलने पर सूतिकागृह के सब दीप मानो आभाहीन हो गए। कैकेयी के भरत नाम का सुशील बालक उत्पन्न हुआ। जैसे नम्रता के संसर्ग से ऐश्वर्य की शोभा बढ़ जाती है, उस पुत्र के संसर्ग से माता की शोभा भी सौ गुणी हो गई। सुमित्रा के गर्भ से जोड़ा उत्पन्न हुआ—उन दोनों के नाम लक्ष्मण और शत्रुघ्न रखे गए। उन बालकों के जन्म लेने पर आकाश में देवताओं और पृथ्वी पर प्रकृति ने आनन्द प्रकट किया। यों तो वे सभी एक-दूसरे से गहरा प्रेम करते थे, परन्तु उनमें से भी राम और लक्ष्मण तथा भरत और शत्रुघ्न में परस्पर असाधारण प्रेम था, जैसे वायु और अग्नि का और चांद और समुद्र का परस्पर आकर्षण अटूट है, वैसे उन युगलों का भी था।

दैत्यों की असि-धाराओं को तोड़ देने वाले चार दांतों से जैसे ऐरावत, साम, दाम, दण्ड, भेद इन चार उपायों से जैसे नीति और घुटनों को छूनेवाली लम्बी चार भुजाओं से जैसे विष्णु शोभायमान होते हैं, वैसे ही वह चक्रवर्ती राजा उन तेज के पुंज चारों पुत्रों से शोभायमान हो रहा था।

राम-विवाह

ऋषि विश्वामित्र के आश्रम में यज्ञ हो रहा था, राक्षस लोग उसमें विघ्न उत्पन्न करते थे। यद्यपि राम अभी बच्चे ही थे, और उनके सिर पर की बाल शिखा भी नहीं कटी थी, कि ऋषि ने महाराज दशरथ के पास जाकर यज्ञ की रक्षा के लिए राम को भेजने की मांग की। तेजस्वियों का तेज देखा जाता है, आयु के दिन नहीं गिने जाते। महाराज ने इच्छा न रहते भी ऋषि के आग्रह पर राम और लक्ष्मण को उनके साथ भेज दिया। रघुकुल की यह पुरातन पद्धति थी कि मांगनेवाले यदि प्राणों की याचना भी करें तो भी निराश नहीं होते थे। महाराज राजकुमारों की यात्रा को मांगलिक करने के लिए अभी नगर के मार्गों की सफाई और सजावट के सम्बन्ध में आज्ञा दे ही रहे थे कि पुष्पगन्ध से युक्त जल बरसानेवाले बादलों ने वायु के साथ आकर उन्हें सींच दिया। जब दोनों धनुषधारी भाई जाने के समय पिता के चरणों में झुके तब उनके सिरों पर पिता की आंखों से निकलते हुए वियोगाश्रु टपक रहे थे। ऋषि केवल राम और लक्ष्मण को ही अपने साथ ले जाना चाहते थे, सेना को नहीं। इस कारण महाराज ने दोनों पुत्रों को आशीर्वाद दिया, वही उनका कवच बन गया। ऋषि के साथ जाते हुए दोनों भाइयों ने माताओं को प्रणाम करके आशीर्वाद प्राप्त किया।

मार्ग में ऋषि ने राजकुमारों को बला और अतिबला नाम की विद्या का उपदेश किया। उसमें उनका चित्त ऐसा मग्न हो गया कि मणिमय मार्गों पर चलने के अभ्यस्त राजकुमारों के लिए कंटीले मार्ग ऐसे बन गए मानो माता के आसपास की भूमि हो। मार्ग में ऋषि उन्हें पुराने इतिहास भी सुनाते गए जिसमें उन्हें थकान का अनुभव न हुआ। जब वे आश्रम में पहुंचे तो तपस्वी लोगों को देखकर उन्हें जो प्रसन्नता हुई वह न कमलों से सुशोभित जलाशयों को देख कर हुई थी, और न मार्ग की थकान को हरनेवाले छायावाले वृक्षों को देखकर। ऋषि विश्वामित्र

का वह आश्रम, जहां किसी दिन महादेव के कोप से कामदेव के शरीर का दाह हुआ था, राजकुमारों के काम-सदृश सुन्दर शरीरों से एक बार फिर सुशोभित हो उठा।

मार्ग में एक जंगल था, जिसमें अगस्त्य ऋषि के शाप से दारुणरूप ताड़का निवास करती थी, और तपस्वियों को दुःख देती थी। जब दोनों भाई वहां पहुंचे तो उन्होंने धनुष पर प्रत्यंचा चढ़ा ली, और चौकन्ने हो गए। उनकी प्रत्यंचा का शब्द सुनकर रात के गहरे अन्धकार के समान काली, कपालों के कुण्डल धारण किए हुए भयानक रूप के कारण बलाकाओं वाली काली मेघमाला के समान राक्षसी प्रादुर्भूत हो गई। उसके वेग से रास्ते के वृक्ष कांप रहे थे, मुर्दों के कफन उसके शरीर पर लटक रहे थे और वह ऊंचे स्वर से चिंघाड़ रही थी। श्मशान से आती हुई आंधी की भांति दुर्गन्धयुक्त ताड़का को देखकर एक बार तो राम घबरा गया। परन्तु जब उसने राक्षसी की प्रहार के लिए उठी हुई एक भुजा को देखा, और कमर में लटकती हुई पुरुषों की आंतों की मेखला पर दृष्टि डाली, तो स्त्री पर प्रहार करने के सम्बन्ध में उसके मन में जो घृणा की भावना थी, वह जाती रही। उसने प्रत्यंचा पर तीर चढ़ाया और पूरे वेग से ताड़का की छाती का निशाना लगाकर छोड़ दिया। उस तीर ने ताड़का के वक्षस्थल में जो सुराख किया, वह मानो राक्षसों के दुर्ग में यमराज के प्रवेश का द्वार बन गया। बाण जाकर हृदय में लगा। जब ताड़का मरकर गिरी, उससे केवल उस जंगल की भूमि ही प्रकम्पित नहीं हुई, तीनों लोकों को परास्त करके स्थिर की हुई रावण की राजलक्ष्मी भी मूल से हिल गई।

ताड़का-वध से संतुष्ट मुनि ने मार्ग में ही राम को राक्षसों का संहार करनेवाले अस्त्र का ज्ञान कराया था। वामनाश्रम में पहुंचने पर तपस्वियों ने दोनों भाइयों का स्वागत-सत्कार किया।

ऋषि विश्वामित्र ने दीक्षा लेकर यज्ञ आरम्भ कर दिया। जैसे सूर्य और चन्द्रमा क्रम से उदित होकर संसार की अन्धकार से रक्षा करते हैं, वैसे ही राम और लक्ष्मण राक्षसों से ऋषि की रक्षा करने लगे। यज्ञ प्रारम्भ होने पर घबराए हुए ऋषियों ने देखा कि बन्धूक फूल के समान स्थूल रक्तबिंदु आकाश से वेदी पर गिर रहे हैं, तूणीर में से बाण निकालते हुए राम ने ऊपर दृष्टि उठाई तो उन्हें राक्षसों की सेना दिखाई दी। राम ने उनके केवल दोनों सेनानायकों को ही अपने शरों का लक्ष्य बनाया, दूसरों को नहीं। क्या महान् सर्पों का शत्रु गरुड़ कभी छोटे सर्पों पर भी वार करता है? आक्रमणकारियों का एक नेता ताड़का का पुत्र मारीच था। राम ने वायव्यास्त्र के प्रयोग से उसके पर्वत के समान भारी शरीर

को भी बहुत दूर गिरा दिया। दूसरे नेता सुबाहु को, जो कि माया द्वारा स्थान-स्थान पर विचरण कर रहा था, क्षुरप्र नामक बाण से काटकर आश्रम से बाहर पक्षियों और जंगली पशुओं के खाने के लिए फेंक दिया। नेताओं के वध से शेष राक्षस भाग गए। उपद्रव के शान्त हो जाने पर ऋत्विज् लोगों ने दोनों भाइयों की सांग्रामिक सफलता का अभिनन्दन करके मौन व्रत धारण किए हुए मुनि विश्वामित्र के यज्ञ को शान्तिपूर्वक पूर्ण किया। यज्ञ के अन्त में दोनों भाइयों ने चमत्कृत काकपक्ष वाले अपने सिर ऋषि के चरणों में झुका दिए। ऋषि ने आशीर्वाद देते हुए कुशाओं से छिले हुए अपने हाथों से उनके सिरों का स्पर्श किया।

मिथिला के राजा जनक ने अपनी पुत्री सीता के स्वंयवर-यज्ञ में ऋषि को भी निमन्त्रित किया था। स्वयंवर में यह नियम था कि जो राजपुत्र पुराने शिव-धनुष को उठाएगा, सीता उसके गले में वरमाला डालेगी। ऋषि जब स्वयंवर-यज्ञ में जाने लगे तो उन्होंने धनुष देखने के लिए उत्सुक राम और लक्ष्मण को भी साथ ले लिया। मार्ग में अपने पति गौतम मुनि के शाप से पत्थर बनी अहल्या शाप के दिन व्यतीत कर रही थी। उसने शाप के बन्धन से छूटकर फिर अपना सुन्दर मानव-वेश प्राप्त कर लिया। यह राम के चरण-रेणु की ही कृपा थी।

जब अर्थ और काम से अलंकृत शरीरधारी धर्म के समान राम-लक्ष्मण सहित ऋषि विश्वामित्र के पधारने का समाचार मिला तो राजा जनक अगवानी के लिए आदर-सहित उनकी सेवा में पहुंचे। पुनर्वसु नाम के नक्षत्रों के समान तेजस्वी राजपुत्रों की छवि को देखकर मिथिलापुर निवासी इतने प्रसन्न हुए कि क्षण-भर के लिए आंख झपकाना भी उन्हें विघ्न-सा प्रतीत हो रहा था। जब यज्ञविधि समाप्त हो गई, तब अनुकूल समय देखकर ऋषि ने राजा को बतलाया कि राम शिव-धनुष के दर्शन करना चाहते हैं। एक ओर राम का ऊँचा वंश और कोमल शरीर, दूसरी ओर शिव का न झुकनेवाला प्रचण्ड धनुष! दोनों को विचारकर राजा जनक मन में बहुत चिन्ता करने लगे। वे मुनि से कहने लगे–

भगवन, जिस कार्य को बड़े-बड़े मस्त हाथी भी नहीं कर सके, उसके लिए मैं इस कोसल-कलभ को कैसे अनुमति दूं? हे तात, धनुष की प्रत्यंचा को खींचते-खींचते जिनके हाथों की त्वचाएं कठोर हो गई हैं, ऐसे अनेक धुनर्धारी क्षत्रिय उस धनुष को उठाने के लिए आए, और अशक्ति के कारण अपनी भुजाओं को धिक्कारते हुए चले गए।

ऋषि ने उत्तर दिया–

राजन्! सुनो, इस राम के बल को वाणी से क्या कहूं? जब पर्वत पर बिजली की भांति यह शिव-धनुष पर पड़ेगा, तब तुम स्वयं इसका परिचय पा जाओगे। जैसे जुगनू जितनी आग की चिनगारी पर भी मनुष्यों की श्रद्धा हो जाती है, उसी प्रकार ऋषि के कहने से थोड़ी आयु के कुमार पर भी राजा जनक की आस्था हो गई, और उन्होंने अपने सेवकों को शिव धनुष दिखाने की आज्ञा दे दी। सोए हुए सर्पराज वासुकि के समान बड़े और भयानक धनुष को राम ने सहज भाव से पकड़ा और आश्चर्य-चकित दर्शकों के सामने ऐसी सुगमता से उस पर प्रत्यंचा चढ़ा दी मानो कामदेव फूलों के चाप पर प्रत्यंचा चढ़ा रहा हो। प्रत्यंचा को चढ़ाकर राम ने खींचा तो धनुष बड़ी भीषण ध्वनि के साथ टूट गया। वह ध्वनि इतनी ऊँची थी कि तपस्या करते हुए क्रोधी मुनि परशुराम के कानों तक पहुंचकर उसने मानो यह समाचार दे दिया कि क्षत्रिय-वंश फिर से जीवित हो उठा है।

मिथिला-नरेश की प्रतिज्ञा थी कि जो वीर शिव-धनुष को उठा लेगा, वह उससे अपनी कन्या का विवाह करेगा। राम ने धनुष को न केवल उठाया अपितु तोड़ भी दिया। शर्त पूरी हो जाने से प्रसन्न होकर, राजा जनक ने लक्ष्मी के सदृश गुणवती पुत्री सीता का विवाह राम से करने की अभिलाषा प्रकट की, और अग्नि के समान पवित्र ऋषि को साक्षी करके उसे राघव के अर्पण कर दिया। साथ ही जनक ने अपने पुरोहित को यह निवेदन करने के लिए अयोध्या-नरेश दशरथ के पास भेजा कि आप मेरी कन्या को अपनी पुत्र-वधू के रूप में ग्रहण करके निमिवंश को कृतार्थ कीजिए। राजा दशरथ राम के लिए गुणवती कन्या की तलाश में थे ही, अनुकूल सन्देश लेकर पुरोहित के पहुंचने से वे बहुत ही सन्तुष्ट हुए। सज्जनों के संकल्प कल्पवृक्ष के फलों की भांति शीघ्र ही परिपक्व हो जाते हैं।

ब्राह्मण द्वारा मिथिलापति का संदेश पाकर महाराज दशरथ ने मिथिला की ओर प्रयाण कर दिया, और कुछ ही दिनों में सेना-सहित जनकपुरी में प्रवेश किया। वरुण और वासव के समान तेजस्वी दशरथ और जनक ने अपने पद और गौरव के अनुकूल धूमधाम के साथ विवाहोत्सव सम्पन्न किया। राम की सीता से, उसकी छोटी बहिन उर्मिला का लक्ष्मण से, और माण्डवी और श्रुतकीर्ति का भरत और शत्रुघ्न से विवाह हो गया। वे चारों भाई अनुरूप पत्नियों का पाणिग्रहण करके सफलता से युक्त साम, दाम, दण्ड और भेद इन चार उपायों की भांति, राजा की महिमा को बढ़ानेवाले हो गए। जैसे प्रकृति और प्रत्यय के योग से शुद्ध और सार्थक पद बन जाता है, उसी प्रकार उन योग्य राजकुमारियों का योग्य कुमारों से योग भी कृतार्थता का कारण बन गया।

महाराज दशरथ ने चारों पुत्रों का विवाह करके सेना-सहित अपनी पुरी की ओर प्रस्थान किया। तीन पड़ाव शेष रहने पर मिथिलेश्वर अपनी राजधानी को वापस हो गए। अकस्मात् मार्ग में अनेक अशुभ लक्षण प्रकट होने लगे। जैसे बढ़ता हुआ पानी नदी के किनारों को क्लेश देने लगता है, वैसे ही वृक्षों को गिरा देनेवाला अंधड़ सैनिकों के पांव उखाड़ने लगा। सूर्य-मण्डल के चारों ओर भयावनी धारियां दिखाई देने लगीं। दिशाएं मलिन हो गईं और जिस दिशा में सूर्य दीखता था, उसी दिशा में रक्त के प्यासे गीदड़ हाउ-हाउ करते सुनाई देने लगे। इन अशुभ लक्षणों को देखकर महाराज ने मुनि वसिष्ठ से प्रश्न किया तो उन्होंने आश्वासन देते हुए कहा कि 'घबराओ नहीं, अन्त में परिणाम अच्छा होगा।'

थोड़ी देर में सेना के सामने तेज की एक राशि उठती हुई दिखाई दी। जब सैनिकों ने आंखें मलकर ध्यान से देखा तो एक तेजस्वी मनुष्यमूर्ति दृष्टिगोचर हुई। वे मुनि परशुराम थे। उनके गले में पिता के अंश के रूप में यज्ञोपवीत पड़ा हुआ था और हाथ में माता के अंश के रूप में विशाल धनुष था। मानो सौम्य चन्द्रमा के संग तीव्र आदित्य हो, अथवा ऐसा चन्दन का वृक्ष हो जिसपर सांप लिपटा हुआ है। उसने ऋषि-मर्यादा का उल्लंधन करनेवाले पिता की आज्ञा के अनुसार, डर से कांपती हुई माता का सिर काटकर पहले करुणा को जीता, और फिर क्रोध के आवेश में क्षत्रियों का संहार करके सारी पृथ्वी को जीत लिया था। उसके दाहिने कान पर अक्ष के बीजों का जो कुण्डल लिपटा हुआ था, वह मानो इक्कीस बार क्षत्रियों के विनाश की गिनती का स्मारक था। एक ओर पिता जमदग्नि की हत्या से रुष्ट होकर क्षत्रिय जाति का संहार करने के लिए दृढ़प्रतिज्ञ परशुराम पर, और दूसरी ओर अपने बालक पुत्र राम पर जब अयोध्यापति की दृष्टि पड़ी तो वह घबरा गया। उस समय राजा की दृष्टि दो रामों पर पड़ रहीं थी—एक शत्रु था और दूसरा पुत्र। उसे एक सांप की मणि के समान प्रतीत हुआ, तो दूसरा माला की मणि के समान। 'पूजा की सामग्री लाओ!' राजा की इस आज्ञा की उपेक्षा करके मुनि ने क्षत्रियों का दाह करनेवाली क्रूर दृष्टि से उसकी ओर देखा। फिर वे राम की ओर मुड़े। राम तब भी निर्भय था। मुनि ने एक हाथ में धनुष को लेकर, और दूसरे हाथ की अंगुलियों में तीर को पकड़े हुए क्रुद्ध होकर कहा—

मेरे पिता की हत्या करने के कारण क्षत्रिय मेरे शत्रु हैं। उनका कई बार नाश करके मैं शान्त हो गया था, परन्तु सोए हुए सांप की जो दशा लाठी की ठोकर खाकर होती है, तेरे पराक्रम की कथा सुनकर मेरी भी वैसी ही दशा हुई है। तुमने मिथिलेश के उस धनुष को तोड़ डाला है, जिसे अन्य राजा झुका भी

नहीं सके थे। इस व्यतिक्रम से मुझे ऐसा प्रतीत होता है, मानो मेरी शक्ति का सिर कट गया हो। पहले 'राम' इस नाम से संसार में केवल मेरा बोध होता था, अब तेरे बढ़ते हुए यश के कारण वह नाम मेरे लिए लज्जा का कारण बन गया है। जिस जामदग्न्य का अस्त्र क्रौंच पर्वत से टकराकर भी व्यर्थ नहीं हुआ था, उसके समान-रूपी से अपराधी होने के कारण दो बड़े शत्रु हैं—पहला गौ के बछड़े का हरण करने के कारण हैहय और दूसरा मेरे यश को छीनने का यत्न करनेवाला तू! यदि मैं तुझे नहीं जीतता तो सब क्षत्रियों को नष्ट करनेवाला अपना विक्रम भी मुझे नहीं कर सकता। अग्नि की यही तो प्रशंसा है कि वह जैसे जंगल में जलता है, वैसे ही समुद्र में भी देदीप्यमान होता है। यह समझ ले कि तूने समय द्वारा जर्जरित शिव के धनुष को तोड़कर कोई बहादुरी का काम नहीं किया। जिस पेड़ की जड़ों को नदी के पानी ने खोखला कर दिया हो, उसे हवा का हल्का-सा झोंका भी गिरा देता है। युद्ध को जाने दे—मेरे इस धनुष को ले और शर चढ़ाकर इसे खींच दे। बस, इतने ही से मेरे समान बलवान होने के कारण तू मुझे जीत लेगा। परन्तु यदि मेरे परशु की चमकती हुई धार से तू डर गया है तो धनुष की प्रत्यंचा खींचने से कठोर अंगुलियोंवाले अपने निर्वीर्य हाथों को जोड़कर अभय-दान मांग ले।

भार्गव के ये वचन सुनकर राम कुछ नहीं बोले। केवल होंठों में थोड़ा-सा मुस्कराकर यही उत्तर दिया कि उनके हाथ से धनुष ले लिया। उस ऐतिहासिक धनुष को लेकर राम अत्यन्त शोभायमान दिखाई देने लगे। नया बादल स्वयं ही बहुत सुन्दर होता है, फिर जब उसपर इन्द्रधनुष अंकित हो जाए तो शोभा का क्या कहना है!

राम ने पृथ्वी पर एक कोटि जमाकर जब उस धनुष पर प्रत्यंचा चढ़ा दी तो क्षत्रियों के शत्रु जामदग्न्य का तेज क्षीण हो गया—मानो अग्नि की ज्वाला नष्ट हो गई हो, केवल धुआं शेष रह गया हो। उस समय एक ओर बढ़ता हुआ राम और दूसरी ओर क्षीण होता हुआ राम—दोनों लोगों को ऐसे प्रतीत हो रहे थे, मानो सायंकाल के समय चन्द्रमा उदित हो रहा हो, और सूर्य डूब रहा हो। राम ने धनुष पर अमोघ बाण चढ़ा लिया। उधर मुनि एकदम उदास और क्षीण-बल हो गए। राम को दया आ गई, वे मुनि से बोले—

आप ब्राह्मण हैं। आपने अपमानित किया, तो भी आप पर निर्दय होकर प्रहार नहीं करना चाहता, परन्तु मेरा बाण अमोघ है। यह व्यर्थ नहीं जा सकता। आप बताइए कि इससे किस वस्तु को नष्ट करूं? आपकी गति को या आपके यज्ञ द्वारा प्राप्त किए स्वर्गलोक के द्वार को?

ऋषि बोले—भगवन्! यह नहीं कि मैं तुम्हारे स्वरूप को नहीं जानता था। मैं तो तुम्हारे मानव-शरीर में वैष्णव तेज को प्रत्यक्ष देखना चाहता था। अतः मैंने तुम्हें उत्तेजित किया। मैंने अपने पिता के द्वेषियों को भस्मसात् कर दिया था, और सारी पृथ्वी दान में दे दी थी, इतना कुछ कर लेने के पश्चात् प्रभु द्वारा मेरी पराजय भी प्रशंसनीय ही है। मैं अपने को धन्य मानता हूं। भगवन्! मैं पुण्यतीर्थों का भ्रमण कर सकूं, अतः मेरी गति को सुरक्षित रहने दें। मैं सुख-दुःख की ओर से उदासीन हो चुका हूं, अतः मेरे स्वर्ग-द्वार को नष्ट कर दें।

राघव ने मुनि की बात को स्वीकार कर लिया, और बाण को पूर्व की ओर छोड़ दिया, जिससे भार्गव के स्वर्ग जाने का मार्ग बन्द हो गया।

इसके पश्चात् राम ने धनुष एक ओर रख दिया, और ऋषि के पांव पकड़कर क्षमा-प्रार्थना की। शत्रु को जीतकर नम्र हो जाना ही वीरों के लिए यशस्कर होता है। मुनि राम और लक्ष्मण से बोले—माता से प्राप्त हुए शस्त्रभाव को त्यागकर मैं भी अब अपने पिता के शस्त्रभाव को ग्रहण करता हूं। मुझपर तुम्हारा यह दण्ड-प्रयोग भी वस्तुतः अनुग्रह के समान ही हुआ है। अब मैं विदा होता हूं, तुम अपने देव-कार्य में लगो। यह कहकर ऋषि अन्तर्धान हो गए।

जामदग्न्य के चले जाने पर राजा ने राम को दूसरी बार उत्पन्न हुआ मानकर प्रसन्नतापूर्वक गले लगाया, और कुछ दिनों की सुखमय यात्रा के पश्चात् सजी हुई अयोध्यापुरी में प्रवेश किया।

लंकेश-वध

जैसे प्रातःकाल के समय दीपक की शिखा क्षीण होकर नष्टप्राय हो जाती है, वैसे ही दशरथ भी अपने जीवन की अन्तिम दशा में पहुंच गया। मानो कैकेयी के डर से बुढ़ापे ने सफेद बालों के बहाने कानों के पास आकर अपना सन्देश दिया कि अब राज्यलक्ष्मी राम को दे दो। जैसे नदी से निकली हुई नहर उद्यान के वृक्षों को हरा-भरा कर देती है, राम के अभिषेक की चर्चा ने नगरवासियों को वैसे ही हर्षित कर दिया। अभिषेक के अवसर पर राम के स्नान के लिए आए हुए पवित्र जल को कठोर हृदयवाली कैकेयी ने अपने शोक-सूचक पार्थिव आंसुओं से अपवित्र कर दिया। महाराजा ने जब उसे मनाने का यत्न किया तो उसने पहले दिए हुए दो वर उगल दिए—मानो वर्षा होने पर पृथ्वी ने किसी बिल से दो सांप उगल दिए हों। उसने पहले वर से राम को चौदह वर्षों के लिए वन में भिजवा दिया, और दूसरे वर से भरत के लिए राज्यलक्ष्मी मांग ली—वह राज्यलक्ष्मी तो मिल गई परन्तु उसका परिणाम इतना भयंकर हुआ कि पुत्र-वियोग में महाराज की मृत्यु हो गई, जिससे कैकेयी को राज्यलक्ष्मी के स्थान पर वैधव्य प्राप्त हुआ।

राम को जब राज्याभिषेक की आज्ञा मिली, तब यह सोचकर कि पिता वन को चले जाएंगे, उनके आंसू निकल आए, तदंनतर जब उन्हें वन जाने की आज्ञा मिली, तो आज्ञा-पालन करने का अवसर मिलने से प्रसन्नतापूर्वक उसे अंगीकार कर लिया। लोगों ने आश्चर्यान्वित होकर देखा कि पहले मंगलसूचक बहुमूल्यवान् वस्त्र और पीछे वल्कल पहनते समय राम के मुख की छवि में कोई भेद नहीं आया। पिता के सत्य की रक्षा के लिए वे सीता और लक्ष्मण के साथ दण्डकारण्य में चले गए। वन-प्रवेश के साथ ही वे सज्जनों के मन में भी प्रविष्ट हो गए। राम के वियोग में राजा ने बहुत दुःखी होकर श्रवणकुमार के माता-पिता के शाप का स्मरण करते हुए शरीर-त्याग कर दिया।

राजा की मृत्यु हो गई। बड़े राजकुमार को वनवास हो गया। जिस राज्य में राजा न रहे, वह राष्ट्र के धूर्त शत्रुओं का शिकार बन जाता है। यह सोचकर अनाथ प्रजाजनों ने ननिहाल में गए हुए भरत को बुलाने के लिए दूतों को भेज दिया। उन दूतों ने किसी तरह अपने दुःख के आंसुओं को थामकर भरत को अयोध्या चलने का सन्देश दिया—परन्तु पिता की मृत्यु का समाचार नहीं सुनाया। भरत को राजधानी में पहुंचकर जब सब समाचार प्राप्त हुए तब वह न केवल अपनी माता के विमुख हो गया, बल्कि राज्यश्री से भी विमुख हो गया। तब राम ने वनयात्रा में जिन वृक्षों के नीचे निवास किया था, उनको अश्रुभरे नेत्रों से देखता हुआ, भरत सेनाओं के साथ चित्रकूट में राम के आश्रम में पहुंचा, और पिता के स्वर्गगमन का वृत्तान्त सुनाकर यह निवेदन किया कि मैंने आपकी छोड़ी हुई राज्य-लक्ष्मी को अब तक छुआ भी नहीं है, आप ही चलकर उसका उपभोग करें। भरत को ऐसा अनुभव हो रहा था कि बड़े भाई के अधिकार को छीनकर मानो वह वही असभ्यता करेगा जो कि बड़े भाई के रहते हुए विवाह करके छोटा भाई अपने बड़े भाई के प्रति करता है। जब भरत के बहुत आग्रह करने पर भी पिता के वचन की रक्षा के लिए राम ने वापस जाना स्वीकार नहीं किया, तो राज्य का अधिदेवता बनाने के लिए भरत ने राम की खड़ाऊं मांग ली। राम ने उसकी इच्छा पूरी कर दी। भरत खड़ाऊं लेकर राजधानी में प्रविष्ट न हुआ, और नन्दिग्राम में रहकर राम की धरोहर समझकर राज्य की रक्षा करने लगा। मानो वह अपनी तपस्या द्वारा माता के पाप का प्रायश्चित्त कर रहा था।

उधर राम वैदेही के साथ रहते हुए भी उस कठोर ब्रह्मचर्य-व्रत का पालन कर रहे थे, जिसका पालन इक्ष्वाकुवंश के राजा वृद्धावस्था में किया करते थे। एक दिन जंगल के भ्रमण से कुछ थककर राम सीता की गोद में सिर रखकर एक वृक्ष की छाया में सोए हुए थे कि एक दुष्ट कौए ने आकर सीता को आहत कर दिया। राम के जागने की आशंका से सीता ने हिलना उचित न समझा। कौए ने अवसर पाकर उनके चरणों पर चोंच से घाव कर दिए। तब राम की नींद खुली। क्रुद्ध होकर राम ने कौए पर एक सरकंडे का प्रहार किया, जिससे उस आततायी की आंख जाती रही।

चित्रकूट अयोध्या के समीप ही था, राम को यह आशंका हुई कि कहीं भरत उससे घर लौटने का आग्रह करने के लिए फिर न आ जाए, इस कारण उन्होंने उस सुन्दर हरिणोंवाले चित्रकूट प्रदेश को छोड़कर आगे जाने का निश्चय किया। जैसे शीत ऋतु में सूर्य दक्षिण की ओर प्रयाण करता है—वैसे राम ने भी

मार्ग में ऋषियों के आश्रमों पर पड़ाव करते हुए दक्षिण दिशा की यात्रा आरम्भ की। कैकेयी के निषेध करने पर भी मानो जानकी के रूप में राज्यलक्ष्मी उनके पीछे-पीछे चलती हुई शोभायमान हो रही थी। मार्ग में अगस्त्याश्रम पड़ा जहां देवी अनसूया ने सीता को उपदेश और आदेश दिया। जंगल में जाते हुए एक दिन राम ने देखा कि चन्द्र को ग्रसनेवाले राहु के सदृश भयानक राक्षस रास्ते को रोककर खड़ा है। वह राक्षस आगे बढ़ा और दोनों भाइयों के बीच में से सीता को उठाकर ले चला। दोनों भाइयों ने उस आततायी को मार डाला, और इस विचार से कि लाश से दुर्गन्ध न फैले, उसे भूमि में गाड़कर दबा दिया। मुनि अगस्त्य की आज्ञा से वे वन के दक्षिण की ओर बढ़ गए, और पंचवटी में पहुंचकर ठहर गए। सीता और लक्ष्मण सहित श्रीराम वहीं आश्रम बनाकर रहने लगे।

जैसे भयानक नागिन गर्मी से व्याकुल होकर चन्दन के वृक्ष की ओर भागती है, वैसे ही कामदेव के वशीभूत होकर रावण की छोटी बहिन शूर्पणखा राम के पास जा पहुंची, और सीता के सामने ही राम से कहने लगी कि मुझसे शादी कर ले क्योंकि मैं अतिसुन्दरी हूं। कामी व्यक्ति अवसर-अनवसर को नहीं देखता। संयमी राम ने कामान्ध राक्षसी को समझाते हुए आज्ञा दी कि हे बाले, मैं विवाहित हूं, अन्य विवाह नहीं कर सकता। तू मेरे छोटे भाई के पास जाकर प्रार्थता कर।

दोनों किनारों का उपभोग करने का यत्न करनेवाली नदी को जैसे दोनों के बीच में मंडराना पड़ता है वैसे ही शूर्पणखा लक्ष्मण द्वारा भी तिरस्कृत होकर फिर राम की ओर भागी। सीता को यह देखकर हंसी आ गई। इससे राक्षसी का क्रोध भड़क उठा और वह यह कहती हुई सीता पर झपटी कि तू हरिणी होकर व्याघ्री का मज़ाक बनाती है, तो इसका फल पा। सीता पर आक्रमण करते समय विक्षोभ के कारण उसके नख सूप की तरह फैल गए, जिससे उसका वह रूप प्रकट हो गया, जिसके कारण वह शूर्पणखा कहलाती थी। जब लक्ष्मण ने उसका क्रोध में भरा शृंगाली-सा भयानक स्वर सुना तो वह समझ गया कि उसका पहला कोयल के सदृश मधुर स्वर केवल ढोंग था। राक्षसी की चिल्लाहट सुनकर हाथ में तलवार ले लक्ष्मण राम की झोंपड़ी में पहुंचे, और नाक-कान आदि काटकर उस कुरूपा को और अधिक कुरूपा बना दिया। तब वह लम्बे नखोंवाली और बांस की भांति कठोर गांठोंवाली अंकुश जैसी अंगुलियों से राम और लक्ष्मण को धमकाकर अपने जनस्थान की ओर भागी।

जनस्थान में पहुंचकर उसने खर-दूषण आदि राक्षसों को राम द्वारा राक्षसों के पराजय की यह नई कहानी सुनाई। इस पर राक्षसों ने राम पर चढ़ाई करने

का निश्चय किया, परन्तु उस समय उनके सामने शूर्पणखा की नाक-कान कटी सूरत आ गई, यह भारी अमंगल हो गया। राम ने जब हजारों राक्षसों की सेना को आक्रमण करते देखा तो सीता की रक्षा के लिए लक्ष्मण पर और विजय-प्राप्ति के लिए अपने धनुष पर भरोसा किया। लक्ष्मण सीता को लेकर सुरक्षित स्थान में चले गए, और राम राक्षसों का संहार करने लगे। राम अकेले थे--और राक्षस हजारों—परन्तु डर के मारे प्रत्येक राक्षस को अपने सामने एक-एक राम दिखाई दे रहा था। पहले राम ने अवगुण के समान नाशयोग्य दूषण की सुध ली। फिर उन्होंने खर और त्रिशिरा को भी शर-वर्षा का लक्ष्य बनाया। राम के तीर उनके शरीर में इतने वेग और लाघव से घुस गए कि जिस समय शरों के मुंह राक्षसों का जीवन नष्ट कर रहे थे, उनके पृष्ठभाग रुधिर का पान कर रहे थे। राम ने सभी राक्षसों को मार डाला, फलतः रणभूमि में कबन्ध ही कबन्ध दिखाई दे रहे थे। देवताओं के शत्रुओं की वह सेना राम के साथ युद्ध करके,-मानो थककर सदा के लिए गृध्रों की छाया में सो गई।

जनस्थान के सब राक्षस मारे गए। उनके नाश के समाचार को रावण तक पहुंचाने के लिए केवल शूर्पणखा ही शेष बची थी। बहिन के अंगच्छेद और प्रतिष्ठित राक्षसों के नाश का वृत्तान्त सुनकर रावण को ऐसा प्रतीत हुआ मानो राम ने उसके दशों मस्तकों पर पांव रख दिया हो। मृग का रूप धारण किए हुए मारीच की सहायता से मायावी रावण ने सीता का अपहरण कर लिया। मार्ग में जटायु ने विघ्न डाला तो रावण ने उसे घायल कर डाला। जिस समय राम और लक्ष्मण सीता को आश्रम में न पाकर उसे ढूंढ़ने के लिए निकले, तब उन्होंने देखा कि उनके पिता दशरथ के मित्र जटायु ने अपने प्राण देकर मित्रता का ऋण चुकाया है। उसने अन्तिम श्वास लेते हुए बतलाया कि जानकी को रावण ले गया है। उसने जानकी की रक्षा के लिए जो महान यत्न किया वह तो उसके गहरे घावों से प्रकट हो रहा था। दोनों भाइयों के हृदयों में जटायु की मृत्यु से अपने पिता का सारा दुःख फिर से जाग उठा, और उन्होंने उसकी अन्तिम क्रियाएं पिता के समान ही कीं। जंगल में कबन्ध नाम का राक्षस विघ्नकारी हुआ तो राम ने उसका वध कर दिया। राम द्वारा आहत किए जाने पर सद्‌गति को प्राप्त होते हुए राक्षस ने राम को सुग्रीव का परिचय दिया। उसने बतलाया कि अपने भाई बालि द्वारा राज्य का अधिकार और स्त्री के छिन जाने से सुग्रीव भी दुःखी है। एक-से दुःखवाले सुग्रीव के साथ स्वभावतः राम के हृदय में सहानुभूति उत्पन्न हो गई, जो गहरी मित्रता के रूप में परिणत हो गई।

राम ने बालि को मारकर सुग्रीव को उसका छिना हुआ राज्य और स्त्री तारा, दोनों ही वापस दिला दिए। सुग्रीव के भेजे हुए दूत सीता की तलाश में पृथ्वी पर चारों ओर घूमने लगे। सम्पाति से यह समाचार पाकर कि रावण सीता को लेकर लंका में चला गया है, हनुमान समुद्र को ऐसे तैर गए, जैसे योगी संसार को तैर जाते हैं। लंका में घुसकर हनुमान ने विषैली लताओं से घिरी हुई जीवनौषधि की भांति राक्षसियों से घिरी हुई सीता को देखा। हनुमान ने जानकी के सामने प्रकट होकर, परिचय के लिए राम द्वारा उंगली से उतारकर दी हुई अंगूठी दी। उस समय वह अंगूठी ऐसी लग रही थी मानो पति का समाचार पाकर सीता की आंखों से निकले हुए शीतल आंसू ही स्थूल रूप में आ गए हों।

इस प्रकार अपने सफल दौत्यकर्म से जानकी को प्रसन्न करके हनुमान ने लंका का नाश करने का संकल्प किया, और राजकुमार अक्ष का वध कर के ब्रह्मास्त्र द्वारा पकड़े जाने पर, रावण की सुनहली लंका को जलाकर राख कर दिया।

हनुमान ने लंका से लौटकर सीता की दी हुई निशानी राम को दी तो राम को ऐसा प्रतीत हुआ मानो सीता का हृदय स्थूल रूप धारण करके उन्हें प्राप्त हो गया है। प्रिया का समाचार प्राप्त करके, उसका उद्धार करने के लिए दृढ़प्रतिज्ञ राम को मार्ग का समुद्र खाई के समान सुगम प्रतीत होने लगा। वे सुग्रीव की विशाल वानर सेना को लेकर, पृथ्वी और आकाश के मार्गों से समुद्रतट की ओर प्रस्थित हुए। वहां समुद्रतट पर रावण का भाई विभीषण, सुमति से प्रेरित होकर राम से जा मिला, मानो लंका की राज्यलक्ष्मी ने अपनी रक्षा के लिए विभीषण के मस्तक में प्रवेश करके उसे राम की शरण में जाने के लिए प्रेरित कर दिया था। राम ने उसे यह आश्वासन दे दिया कि रावण को मारकर लंका का राज्य तुम्हें दे दूंगा। समय-समय पर प्रयोग की गई नीति प्रायः सफलता प्राप्त करती है। राम ने वानरों की सहायता से समुद्र पर पुल तैयार कर दिया। वह सेतु ऐसा प्रतीत होता था मानो विष्णु के सोने के लिए, समुद्र में से निकलकर साक्षात् वासुकि बिछ गया हो।

वानर-सेना द्वारा बनाए गए सेतु से समुद्र को पार करके राम के सुनहरे रंग के सैनिकों ने लंका को घेरकर उसके चारों ओर दूसरा प्राकार-सा बना दिया। तब राक्षसों और वानरों की सेना का युद्ध आरम्भ हुआ। वानर-सेना राम के जयकारों से और राक्षस-सेना रावण के जयकारों से आकाश को गुंजा रही थी। वह युद्ध अद्भुत था। परिघ का जवाब उखाड़ कर फेंके हुए पेड़ से दिया जा रहा था, मुद्गर शिला से पिस रहा था, नाखूनों के आघात शस्त्रों के आघात को मात कर रहे थे, और हाथी का प्रहार पहाड़ से तोड़ा जा रहा था। रावण ने युद्ध में हार

होते देखकर सीता को अपने वश में लाने का प्रयत्न किया, परन्तु त्रिजटा नाम की राक्षसी ने सीता की दशा पर तरस खाकर उसे सच्ची बात बता दी। यह भ्रम हो जाने पर कि राम नहीं रहे, सीता को अपना जीवन बोझ-सा प्रतीत होने लगा था। जब त्रिजटा के कथन से उनका भ्रम दूर हो गया तो वे सन्तुष्ट होकर राम की विजय की प्रतीक्षा करने लगीं। रावण का पुत्र मेघनाद शस्त्रास्त्रों में परम प्रवीण था। उसने सर्पास्त्र का प्रयोग करके राम और लक्ष्मण को बांधने का प्रयत्न किया, परन्तु गरुड़ास्त्र के प्रयोग ने इनके बन्धन खोल दिए, और अस्त्र द्वारा बंधने की घटना स्वप्नमात्र रह गई। सर्पास्त्र के व्यर्थ हो जाने पर मेघनाद ने लक्ष्मण पर शक्ति का प्रहार किया, जिसने लक्ष्मण को तो मूर्च्छित किया ही, उस दुःख में राम को भी मूर्च्छित कर दिया।

यह बताने पर कि पर्वत से उत्पन्न होनेवाली महौषधि से लक्ष्मण की मूर्च्छा जा सकती है, वीर हनुमान पर्वत से औषधि ले आया, जिससे लक्ष्मण की मूर्च्छा दूर हो गई, और वे फिर लंका के राक्षसों का संहार करने लगे। जैसे शरद्-ऋतु बादलों के गर्जन और उनपर दीखने वाले इन्द्रधनुष को समाप्त कर देती है, लक्ष्मण ने भी मेघनाद को मारकर उसके वीर गर्जन और धनुष दोनों का ही अन्त कर दिया तब रावण का भाई कुम्भकर्ण रणक्षेत्र में उतरा। जब सुग्रीव ने कान-नाक काटकर उसे शूर्पणखा के समान कर दिया, तब रक्त बहने से लाल शिलाओंवाले पर्वत के समान वह राक्षस राम पर टूटा। भाई रावण ने तुम्हें व्यर्थ ही नींद से जगाने का कष्ट दिया—मानो यह कहते हुए राम के बाणों ने उसे शीघ्र ही अटूट नींद में सुला दिया।

राक्षसों की अन्य सेनाएं भी युद्धक्षेत्र में आकर, वानरों की सेना में ऐसे विलीन होती गईं, जैसे राक्षसों के रुधिर-जल में पड़कर युद्धभूमि की धूलि। तब इस हठ से साथ कि संसार में रावण ही रहेगा या राम, रावण स्वयं युद्ध के लिए उद्यत-होकर राजभवन से बाहर निकला। रावण रथ पर आरूढ़ होकर मैदान में आया था, और राम पैदल थे। यह देखकर देवताओं के राजा इन्द्र ने अपना कपिलवर्ण के घोड़ोंवाला विशाल रथ राम के लिए भेज दिया। आकाशगंगा के जल के सम्पर्क से शीतल पवन की सी आन्दोलित ध्वाजावाला वह देवरथ जब रणक्षेत्र में पहुंचा तो राम उसके सारथि मातलि के कन्धे पर हाथ रखकर उसपर चढ़ गए। मातलि महेन्द्र का असुरजयी कवच भी लाया था। उसने कवच राम को पहना दिया। चिरकाल से राम और रावण के पराक्रमों की प्रतिस्पर्धा-सी चल रही थी। आज युद्ध-भूमि में जय-पराजय का निर्णय होने का अवसर आने से मानो उस परस्पर दर्शन में सफलता आ गई। भाई, पुत्र और अन्य सहायकों के

मर जाने से अकेला भी रावण मुंह, भुजा और पांव की अनेकता के कारण मानो राक्षसी माता के वंश के सदृश दिखाई दे रहा था। जिसने सब लोकपालों को जीत लिया था, और अपने मुखों की बलि देकर जिसने शिव को प्रसन्न किया था, उस पराक्रमी रावण को युद्ध के लिए सामने खड़ा देखकर राम के हृदय में आदर का भाव उत्पन्न हुआ। युद्ध आरम्भ हुआ। मानो युद्ध की समाप्ति और सीता-प्राप्ति की सूचना देने के लिए फड़कती हुई राम की दाहिनी भुजा पर रावण ने बाण का प्रहार किया। उत्तर में राम ने जो बाण रावण के हृदय को लक्ष्य करके चलाया, वह अपना काम करके मानो सर्पलोक में रावण के अनिष्ट का समाचार सुनाने के लिए पृथ्वी में प्रविष्ट हो गया। जैसे वाद-विवाद में वादी और प्रतिवादी एक दूसरे के वाक्य को काटते हैं, वैसे ही युद्ध में उनके घात-प्रतिघात होने लगे, और युद्ध का आवेग बढ़ गया। मस्त हाथियों की भांति जय के अभिलाषी उन दोनों वीरों का जोर बारी-बारी से घटता और बढ़ता था, जिससे उनके मध्य में जयश्री डावांडोल हो रही थी। रावण ने राम पर फौलाद की बनी हुई शक्ति का प्रहार किया। राम ने रास्ते में ही अपने अर्धचन्द्राकार बाणों से उसे और राक्षसों की आशा को एक ही साथ ऐसे सुख से काट डाला जैसे केले के तने को काट डालते हैं। संसार के उस सर्वश्रेष्ठ धनुर्धारी राम ने सीता के वियोग से होनेवाली दुःखरूपी कील को निकालने वाली महौषधि के सदृश ब्रह्मास्त्र को धनुष पर चढ़ाया और रावण की ओर छोड़ दिया। खुले हुए विकराल फण-मण्डल से युक्त सर्पराज के समान ज्योति को उगलता हुआ वह ब्रह्मास्त्र क्षण-भर में आकाश में सैकड़ों धाराओं में बंटकर फैलता हुआ दिखाई दिया और आधे क्षण में ही उसने अनायास ही रावण के सिर काटकर भूमि पर गिरा दिए।

रावण के कटे, रक्त में सने और सिसकते हुए वे सिर भूमि पर पड़कर ऐसे दिखाई दे रहे थे, मानो प्रभात के सूर्य के प्रतिबिम्ब जल में चमक रहे हों। वे सिर कटकर भी ऐसे तेजस्वी रहे कि देवताओं को उनके जीवित होने का सन्देह बना रहा।

संसार को पीड़ा देने वाले रावण के वध से प्रसन्न होकर देवता राम पर पुष्पों की वर्षा करने लगे। इन्द्र का सारथि मातलि युद्ध समाप्त होने पर दाशरथि की आज्ञा प्राप्त करके देवरथ वापस ले गया और राम ने भी अग्निपरीक्षा द्वारा सीता की विशुद्धता घोषित करके सीता, सुग्रीव तथा लक्ष्मण के साथ अपने भुजबल से जीते हुए पुष्पक विमान पर आरूढ़ होकर अयोध्या की ओर प्रस्थान किया। प्रस्थान करने से पूर्व लंका का राज्य प्रिय मित्र विभीषण को सौंप दिया।

भरत-मिलाप

विमान द्वारा आकाशमार्ग से अयोध्या की दिशा में जाते हुए भगवान राम को जब समुद्र दिखाई दिया तो वे अपनी सहधर्मिणी से कहने लगे–

सीते! देखो, मेरी सेना के बनाए सेतु ने लंका से मलयाचल तक फेनिल समुद्र को दो भागों में बांट दिया है, मानो तारों से जगमगाते हुए शीतकाल के स्वच्छ आकाश को छायामार्ग की नीली धारा ने बीच में से काट दिया हो। महाराज सगर के अश्वमेध यज्ञ के अश्व का अपहरण होने पर उसको ढूंढ़ते हुए हमारे पूर्वज सगर-पुत्रों ने कपिल मुनि के आश्रम तक पहुंचने के लिए इसे खोदकर बड़ा किया था। यह समुद्र संसार का बहुत उपकार करता है। सूर्य की किरणें वर्षा के लिए इससे जल लेती हैं। इसके गर्भ में रत्न पनपते हैं, बाड़वाग्नि इससे शरण पाती है, और इसने आनन्दित करनेवाले प्रकाश से युक्त चन्द्रमा को जन्म दिया है। भगवान विष्णु की तरह कभी शान्त और कभी विक्षुब्ध, कभी उतार पर और कभी चढ़ाव पर, इस प्रकार परस्पर विरुद्ध अनेक अवस्थाओं और विशेषताओं से युक्त होने के कारण इस सागर का रूप बुद्धि से भी परे है।

वह देखो, नदियां इसमें प्रवेश कर रही हैं। जब जीव-जन्तुओं को लेकर नदियों का जल इसमें पड़ने लगता है, तब ह्वेल मछलियां सामने अपना मुंह खोल देती हैं। वे जन्तुसहित जल-धाराओं को अन्दर ले लेती हैं, और फिर केवल जल को मस्तक में विद्यमान श्वास-छिद्रों में से निकाल देती हैं। दूसरी ओर देखो, पानी में से उछलते हुए हस्ती के समान मगरमच्छ हैं, जिनके द्वारा दो भागों में विभक्त हुआ समुद्र का झाग उनके कपोलों पर क्षण-भर के लिए चंवर की भांति शोभायमान होता है। वह मेघ इसमें जल पीने आया है और वायु में भंवर की तरह धूम रहा है। देखने में ऐसा लगता है, मानो फिर दूसरी बार पर्वत द्वारा समुद्र का मन्थन हो रहा हो।

और वह दूर देखो, लोहे के चक्र के समान नीले समुद्र के तट पर तमाल और ताल के जंगलों की श्रेणियों के कारण नीली भूमि वाला समुद्रतट दिखाई दे रहा है। यह लो, विमान के वेग के कारण हम मुहूर्त-भर में समुद्रतट के ऊपर पहुंच गए। यहां रेत पर टूटी हुई सीपियों में से मोती बिखरे पड़े हैं, और फूलों से लदे हुए सुपारी के वृक्ष शोभायमान हो रहे हैं। हे मृगनयनी, ज़रा पीछे की ओर देखो। ऐसा प्रतीत होता है मानो पीछे छूटते हुए समुद्र के गर्भ में से वनों के साथ-साथ पृथ्वी निकल रही है। दूर होता हुआ समुद्र वन-विभूषित पृथ्वी को अपने अन्दर से बाहर फेंक रहा है। यह पुष्पक विमान कभी बादलों के मार्ग से जाता है तो कभी पक्षियों के मार्ग से। जैसे-जैसे मेरी अभिलाषा चाहती है, वैसे ही इस विमान की गति में परिवर्तन होता है।

अब हम समुद्र से दूर जा रहे हैं। मध्याह्न का समय हो रहा है। ताप के कारण तुम्हारे मुख पर पसीने की जो बूंदें आ रही हैं, आकाश-गंगा के जल से शीतल, और महेन्द्र के हाथी ऐरावत के मद से सुगन्धित, आकाश-वायु उन्हें पोंछ रहा है। तुमने कौतूहल से अपना हाथ विमान की खिड़की से निकालकर बादल को छुआ तो वह डरकर तुम्हें प्रसन्न करने के लिए अपनी विद्युत की लता को तुम्हारे गले में हार की तरह पहना रहा है। अब हम जनस्थान के ऊपर पहुंच गए हैं। रावण की मृत्यु के कारण निर्भय होकर वल्कलधारी तपस्वी लोग बहुत काल से छोड़ी हुई अपनी पत्तियों की झोंपड़ियों को फिर से आबाद कर रहे हैं। यह वह स्थान है, जहां तुम्हें ढूंढ़ते हुए मैंने मानो, तुम्हारे वियोग के दुःख से चुपचाप पड़ा हुआ एक नूपुर देखा था। हे भीरु! जब मैं वृक्षों और लताओं से यह पूछता फिरता था कि सीता कहां गई, तब मुंह से न बोल सकने के कारण ये लताएं मानो अपने पत्तों के बोझ से दबी हुई शाखाओं से मुझे वह मार्ग बतला रही थीं, जिससे तुम्हें राक्षस उठा ले गया था। हरिणियां मुझे व्याकुल देखकर कुशांकुर खाना छोड़कर बड़ी-बड़ी आंखों से दक्षिण दिशा की ओर देखती हुई, मानो मुझे तुम्हारा मार्ग बतलाती थीं। यह सामने माल्यवान् पर्वत की आकाश को छूनेवाली चोटी दिखाई देती है, जहां नये मेघों ने पानी और मेरी आंखों ने वियोग के आंसू साथ ही साथ बरसाए थे। इस पर्वत पर तुम्हारे बिना रहते हुए बरसात के दिनों में वर्षा की जलधाराओं से चोट खाए हुए जोहड़ों की गन्ध, नीम के अधखिले फूल, और मयूरों की मीठी केकाएं भी मुझे कष्टप्रद प्रतीत होती थीं। देखो, वह तटवर्ती बेंत के झुरमुटों से आलिंगित और अस्पष्ट दिखाई देने वाले चंचल सारसों से सुशोभित पम्पा का जल दिखाई देता है, इस कारण उसपर पड़ी हुई दृष्टि सुगमता से हटने का साहस नहीं करती। इस पम्पासर में जब मैं चकवा

और चकवी को एक-दूसरे पर फूलों की केसर डालते देखता था, तब तुम्हारी याद आती थी। यह गोदावरी नदी है। हमारे विमान में लगी हुई घंटियों का स्वर सुनकर, नदी तट की सारसें अपने साथियों के स्वर के भ्रम से, आकाश में उड़कर मानो तुम्हारा स्वागत कर रही हैं।

अब हम पंचवटी के पास पहुंच गए। यहां कोमल शरीर होते हुए भी, घड़ों के पानी से सींचकर तुमने आम के पेड़ों को बड़ा किया था। यहां के कृष्णसार मृग इस समय भी मानो पूर्व-परिचय के कारण ऊपर कीं ओर देख रहे हैं। तुम्हारी मधुर स्मृतियों के कारण यह स्थान आज भी मेरी दृष्टि को आनन्दित कर रहा है। मुझे याद आता है कि एक बार मैं शिकार करके थका हुआ आया था और गोदावरी के तट पर वानीर के कुंज में, तुम्हारी गोद में सिर रखकर लेटा था, तब शीतल वायु से भी थकान उतर गई थी और मैं सो गया था। क्रोध में आते हुए जिस ऋषि के माथे की केवल सिकुड़न ने नहुष को स्वर्ग से नीचे गिरा दिया था, उस अगस्त्य मुनि का पृथ्वी की मलिनता को विशुद्ध करने के निमित्त से बनाया हुआ भौम आश्रम यहीं पर है। उस विशुद्धकीर्ति ऋषि के त्रेताग्नि के यज्ञकुण्डों से उठा हुआ गगनव्यापी सुगन्धित धुआं यहां तक भी पहुंच रहा है, जिसे सूंघकर मेरी अन्तरात्मा शान्ति का अनुभव कर रही है।

और वह देखो, जंगलों से घिरा हुआ शातकर्णि मुनि का पंचाप्सरस नाम का क्रीडासर ऐसे शोभायमान हो रहा है मानो मेघों के बीच में चन्द्रमा हो। यहां चारों यज्ञाग्नियों के बीच में समाधिस्थ मुनि सुतीक्ष्ण तपस्या कर रहे हैं। चारों ओर अग्नि है, माथे को सूर्य की तीव्र किरणें तपा रही हैं। यह मुनि नाम से सुतीक्ष्ण होता हुआ भी स्वभाव से शान्त है। अप्सराओं ने इसके तप को भंग करने के निमित्त अनेक भाव-भंगिमाएं दिखाईं, परन्तु उन्हें सफलता प्राप्त नहीं हुई। मौनव्रती होने के कारण मेरे नमस्कार को सिर हिलाकर अंगीकार करके, विमान के सामने से हट जाने पर ऋषि ने अपनी दृष्टि फिर सूर्य की ओर लगा दी है। वह जो शरणागतों की रक्षा करनेवाला नन्दीवन दिखाई दे रहा है, वहां शरभंग ऋषि ने चिरकाल तक समिधाओं से यज्ञाग्नि को तृप्त करके अंत में अपने वेदपाठ से पवित्र शरीर की आहुति दे दी थी। ऋषि के पीछे आश्रम में आनेवाले अतिथियों की सेवा का भार शीतल छाया और उत्तम फलों से युक्त वृक्षों पर पड़ा है, जो सुपुत्रों की भांति उसे निभा रहे हैं।

वह चित्रकूट पर्वत है। उसकी मुख के समान गुफाओं से झरनों का निर्झर-नाद सुनाई दे रहा है और शृंगों के सदृश चोटियों पर मंडराते हुए बादल कीचड़ के समान

प्रतीत होते हैं। मस्त सांड की भांति मस्तक उठाकर खड़े हुए उस पर्वत पर आंखें मानो बंध जाती हैं। पास ही मन्दाकिनी नदी बह रही है, जो शान्तभाव से चलने और दूरी के कारण सूक्ष्म दीखने के कारण भूमि के गले में पड़ी हुई मोतियों की माला के सदृश दिखाई देती है। और पर्वत के समीप ही वह तमाल का वृक्ष है, जिसकी सुगन्धयुक्त कोंपलें लेकर तुम्हारे जौ के समान रंगवाले शरीर की शोभा बढ़ाने वाला केशों का जूड़ा बांध दिया था। वह आगे अत्रि मुनि का आश्रम है। मुनि के तपोबल से निर्भय हो जंगली जन्तु सौम्य बने रहते हैं, और पुष्पों के बिना ही वृक्ष फल देते हैं। इस आश्रम के वृक्ष भी प्रशान्त मुद्रा के कारण समाधि में बैठे हुए मुनियों के समान प्रतीत होते हैं। वह जोहड़ का वृक्ष फलवान होने से गरुड़ के रंग की मणियों से जड़ा हुआ दिखाई देता है। यह वही वृक्ष है, जिससे तुमने विनयपूर्वक प्रार्थना की थी कि मेरा पति अपने व्रत को कुशलतापूर्वक पूरा करे।

वह आगे गंगा-यमुना का संगम-स्थान है। गंगा के श्वेत और यमुना के कृष्णवर्ण जल के मिलने से अद्भुत शोभा उत्पन्न होती है। कहीं इन्द्र-नील मणियों से जड़ी हुई सफेद मोतियों की माला दिखाई देती है तो कहीं नीले रंग के उत्पलों में गुंथी हुई श्वेत कमलों की पंक्ति दृष्टिगोचर हो रही है। कहीं छाया में छिपी हुई चांदनी-सी छवि छिटक रही है, तो कही रिक्त स्थानों में से दीखनेवाले नीले आकाश से चितकबरे श्वेत मेघों की पंक्ति-सी भासित हो रही है। समुद्र की इन दोनों सहधर्मिणियों के परस्पर संगम में स्नान करके मनुष्य तत्त्वज्ञान को प्राप्त किए बिना भी शरीर के बंधन से मुक्त हो जाते हैं। और यह निषादों के राजा गुह की नगरी आ गई, जहां मैंने मस्तक पर से मुकुट उतारकर जटाएं बांधी थीं, तब रोकर सुमन्त ने कहा था–'कैकेयी, आज तेरी कामनाएं सफल हो गईं।'

सीते! यह ब्रह्मसर है, और उसके आगे अयोध्या के पास बहनेवाली सरयू नदी है, जिसमें इक्ष्वाकु वंश के राजा अश्वमेध यज्ञों के अवसरों पर स्नान के लिए उतरते रहे हैं, और जिसके तट पर आज भी यज्ञ के यूप खड़े हुए हैं। यह सरयू उत्तर कोसल देश के निवासियों को अपने जलरूपी दुग्ध से पालकर बड़ा करती रही है, इस कारण मेरे हृदय में इसके प्रति धात्री की-सी भावना है। इसकी उठती हुई तरंगों को देखकर मुझे भान होता है कि मान्य स्वामी से वियुक्त मेरी माता के समान यह भी हाथ फैलाकर मुझे गोद में ले रही है। वह देखो, सायंकालीन सन्ध्या के समय की भांति अन्तरिक्ष लाल-लाल हो रहा है। मैं समझता हूं कि हनुमान से हमारे आने का समाचार पाकर सेना-सहित भरत मेरी अगवानी को आ रहा है। प्रतीत होता है कि जैसे खरादि राक्षसों को मारकर लौटने पर लक्ष्मण ने सर्वथा सुरक्षित और पवित्र दशा में तुम्हें मेरे हाथ में सौंप दिया था, उसी प्रकार

प्रतिज्ञा का पालन करके घर लौटने पर यह तपस्वी अछूती राज्य-लक्ष्मी को मुझे सौंप देगा।

वह देखो, सब कुछ स्पष्ट दिखाई देने लगा है। आगे गुरु वसिष्ठ हैं, पृष्ठभाग में सेना है। मध्य में बूढ़े मन्त्रियों के साथ मुनि-वेशधारी भरत अर्घ्य की सामग्री हाथ मे लिए आ रहा है। मेरी अपेक्षा कम आयु का होने पर भी इसने मेरे प्रति प्रेम के कारण पिता द्वारा छोड़ी हुई राज्य-लक्ष्मी का उपभोग न करके असिधारा व्रत का पालन किया है।

जब राम के यह वचन समाप्त हुए, तो स्वामी की इच्छानुसार पुष्पक विमान आकाश से भूमि पर उतर आया। भरत की अनुयायिनी प्रजा ऊपर उठाए नेत्रों से उस अद्‌भुत विमान को देख रही थी। विभीषण रास्ता दिखाता हुआ पहले उतरा। सेवा में प्रवीण सुग्रीव ने उतरने के लिए हाथ का सहारा दिया। इस प्रकार स्फटिकों की सुन्दर सीढ़ियों पर पांव रखते हुए राम विमान पर से भूमि पर उतरे। पहले राम ने इक्ष्वाकुवंश के गुरु ऋषि वसिष्ठ को प्रणाम किया, फिर अर्घ्य ग्रहण करके सजल नेत्रों से तपस्वी भरत को गले लगाया, और सिर को सूंघा! लटकती जटाओं वाले बड़ के पेड़ों के समान लम्बे-लम्बे बालों वाले मन्त्रियों के प्रणाम का प्रेमपूर्ण दृष्टि और कुशल-प्रश्न द्वारा उत्तर दिया। राम ने 'यह वानरों का राजा मेरा आपत्ति के समय का बन्धु है' और 'यह युद्ध में आगे बढ़कर वार करने वाला पौलस्त्य हैं, इन शब्दों के साथ जब सुग्रीव और विभीषण का परिचय कराया तो भरत ने भाई लक्ष्मण को छोड़कर पहले उन दोनों को प्रणाम किया। उसके पश्चात् भरत लक्ष्मण की ओर मुड़ा। पांव पड़े हुए लक्ष्मण को हाथों उठाकर उसने छाती से लगाया, और उसके मेघनाद के प्रहारों के कारण कठोर सीने को अपने सीने से दबाया।

तब भरत को साथ लेकर राम फिर विमान पर आरूढ़ हो गए। वहीं महावाराह द्वारा जल-प्रलय से उद्धार की हुई पृथ्वी और शीत ऋतु द्वारा मेघों के फन्दे से छूटी हुई चन्द्र की प्रभा की भांति राम द्वारा आपत्तियों से मुक्त की हुई धैर्यमूर्ति सीता विराजमान थीं। भरत ने उन्हें प्रणाम किया। रावण के बार-बार झुकने पर भी सीता के जो चरण, धर्म पर अडिग रहे, उनपर बड़े भाई से किए हुए प्रण का पालन करने से जटाधारी दृढ़व्रती भरत का मस्तक झुक गया। यह संयोग उन दोनों के लिए और भी अधिक पवित्र करनेवाला बन गया।

लगभग आधा कोस तक राम का विमान बहुत धीरे-धीरे चलकर अयोध्या के समीप उद्यान में ठहर गया। वहां पूजा की सामग्री लिए शत्रुघ्न पहले से पहुंचा हुआ था। सब लोग उस स्थान पर विमान से उतर गए।

वैदेही-वनवास

अयोध्या के उपवन में पहुंचकर राम और लक्ष्मण ने एकमात्र आश्रय वृक्ष के कट जाने से निराधार लताओं के समान वैधव्य-शोक से मुरझाई हुई माताओं के दर्शन किए। शत्रुओं का विनाश करके आए हुए दोनों पुत्रों ने जब अपनी माताओं को प्रणाम किया, तो अश्रुओं के कारण दृष्टि के रुक जाने से वे दृष्टि से देख ही न सकीं। हां, पुत्र-स्पर्श की स्वाभाविक अनुभूति से उन्होंने पहचान लिया। जैसे गर्मी से तपे हुए गंगा और सरयू के जल को पहाड़ से आया हुआ बर्फानी जल शीतल कर देता है, वैसे ही उनके पति-वियोग के गर्म आंसुओं को पुत्र-प्राप्ति के शीतल आंसुओं ने शांत कर दिया। जब माताओं ने पुत्रों के शरीरों को छूकर देखा तो स्थान-स्थान पर राक्षसों के शस्त्रों द्वारा किए हुए घाव प्रतीत हुए। उस समय उन्होंने अनुभव किया कि क्षत्राणी के लिए वीर माता बनना केवल सुखकर ही नहीं है, दुःखकर भी है। मैं अपने पति के दुःखों का मूल हेतु होने के कारण कुलक्षणा सीता प्रणाम करती हूं', यह कहती हुई सीता स्वर्गवासी श्वसुर की रानियों के चरणों में अभेद-भाव से झुक गई।

'बेटी! उठ, दोनों भाई तेरे शुद्ध चरित्र के कारण ही इस महान् संकट से पार हो सके हैं'—ऐसा सुमधुर सत्य वाक्य कहकर माताओं ने सीता को आश्वासन दिया। उसके पश्चात् माताओं के आनन्दाश्रुओं से राम का जो अभिषेक आरम्भ हुआ था, वृद्ध अमात्यों ने उसे तीर्थों से लाए हुए जल के स्वर्णघटों द्वारा पूरा कर दिया। जब राक्षसों तथा वानरों द्वारा लाए हुए समुद्र, नदी और तालाबों के जल से राम को स्नान कराया गया, तब वह मेघों से बरसते हुए जल स्थापित विन्धाचल के समान शोभायान हो रहे थे। वन को जाते हुए जो राम तपस्वियों का वेश पहनकर भी अत्यन्त सुंदर दिखाई दिए थे, राज्याभिषेक के योग्य वेशभूषा धारण करके उनकी शोभा द्विगुणित हो उठी। जब राज्याभिषेक के पश्चात् राजा

राम ने अपने अमात्य, राक्षस और वानर मित्रों तथा सेनाओं के साथ कुल की पुरातन राजधानी अयोध्या में प्रवेश किया, तब हर्षसूचक तूर्य आदि वाद्यों से आकाश गूंज रहा था, जो कि प्रजाजनों के हृदयों में आनन्द की लहरें उत्पन्न कर रहा था। मकानों की छतों से लाजा-वर्षा हो रही थी, और नगरी तोरणों से सजी हुई थी। रथ में विराजमान राम के सिर पर लक्ष्मण चंवर डुला रहे थे, और भरत ने छत्र धारण किया हुआ था। रघुवीर की सहधर्मिणी सीता को श्वश्रुजनों ने वस्त्रों और अलंकारों से खूब सजा दिया था। वे राम-रथ के साथ छोटे-से सुन्दर रथ में बैठकर जा रही थीं। साकेत की महिलाएं घरों के वातायनों में से उस तपोमयी देवी को हाथ जोड़कर नमस्कार कर रही थीं। मुनि-पत्नी अनसूया द्वारा दिए हुए नष्ट न होने वाले अंगराग से जगमगाती हुई तेजस्विनी जानकी को नगर-निवासियों ने उसी दीप्तिमय रूप में देखा, जिसमें परीक्षा के समय अग्नि से घिरे होने पर राम ने देखा था। सब प्रकार की आराम देने वाली सामग्री से सजे हुए भवनों में सुग्रीव, विभीषण आदि मित्रों के ठहरने की व्यवस्था करके जब राम ने अपने पिता के उस भवन में प्रवेश किया, जिसमें पिता केवल चित्ररूप में विराजमान थे, तब उनकी आंखों में आंसू आ गए। कैकेयी लज्जा और संकोच के कारण राजभवन से बाहर नहीं गई थीं। भवन में प्रवेश करके राम ने उनके चरणों में झुककर प्रणाम किया, उनकी लज्जा को दूर करने के लिए कहा—माता, यदि हमारे पिता सत्य से भ्रष्ट न होकर स्वर्ग के अधिकारी बने रहे, तो यह तुम्हारे ही सुकृत का फल था।

राज्याभिषेक की विधि समाप्त होने पर महाराज राम ने सब अभ्यागतों का यथोचित आदर-सम्मान किया। सुग्रीव-विभीषणादि मित्रों को भांति-भांति के बहुमूल्य उपहारों से सन्तुष्ट किया और ऋषि-मुनियों का कथा-श्रवण और पूजन द्वारा अभिनन्दन करके उन्हें विदा किया। मुनियों के जाने पर स्वयं सीतादेवी ने उन राक्षसों और वानरों को, जिनके अयोध्या के दिन सुखपूर्वक रहने के कारण क्षण की तरह व्यतीत हो गए थे, विविध पारितोषिकों से सम्मानित करके अपने-अपने घरों को लौटने की अनुमति दे दी। कैलाश के स्वामी कुबेर ने अपना पुष्पक विमान रावणनाशरूपी जिस उद्देश्य की पूर्ति के लिए भेजा था, वह पूरा हो गया, यह सोचकर महाराज ने विमान को अपने स्वामी के पास जाने की आज्ञा दे दी।

वनवास से निवृत्त होकर और विधिपूर्वक सिंहासन पर आरूढ़ होकर राम अर्थ, धर्म और काम तीनों का समान रूप में पालन करने लगे। सब भाइयों और माताओं में भी वे एक-सा प्रीतिभाव रखते थे। महाराज राम लोभ से शून्य थे,

इस कारण प्रजा समृद्ध थी। वे शत्रुओं का विनाश करते थे, फलतः देश में यज्ञादि क्रियाएं निर्विघ्न होती थीं। वे नियमों का पालन कराते थे, अतः प्रजा उन्हें पिता मानती थी, और वे उनकी सेवा करते थे, इससे देश के निवासी अपने को पुत्रवान् मानते थे। राम दिन-रात प्रजा के पालन में लगे रहते थे, साथ ही वे गृहस्थ धर्म के पालन में भी प्रमादी नहीं थे। साक्षात् शरीरधारिणी लक्ष्मी के समान शान्तिमयी पत्नी जानकी उनकी धर्म, अर्थ और काम-प्राप्ति की संगिनी बनी हुई थी। राम ने अपने भवन में वनवास की घटनाओं के चित्र बनवाए थे। उन्हें देखकर दोनों ने व्यतीत दुःखों का स्मरण करके सन्तोष-सा अनुभव किया।

कुछ समय पश्चात् सीता के नेत्रों की बढ़ी हुई मधुरता और मुख पर छाई हुई सफेदी को देखकर राम ने समझ लिया कि वह गर्भिणी है। अक्षरों के बिना कहे हुए इस समाचार से राम का हृदय अत्यन्त आनन्दित हुआ। जानकी का सिर गोद में लेकर, एकान्त में राम ने दोहद लक्षणों से युक्त जानकी से कहा कि तुम अपने मन की अभिलाषा बताओ, मैं उसे पूरा करूंगा। सात्विक भावों की पुतली सीता ने उत्तर दिया कि मेरा मन गंगा-तट पर बने हुए उन कुशाओं वाले तपोवनों में जाने को करता है जहां हिंसक जन्तु भी वनस्पति खाकर सन्तोष करते हैं और जहां तपस्वियों की कन्याओं से प्रेम-सम्बन्ध स्थापित होता है। राम प्रिया की इस इच्छा को पूरा करने का वायदा करके अपने विश्वस्त पुरुषों के साथ प्रसन्नता से भरपूर नगर भ्रमण को निकल पड़े। अयोध्या को देखकर सन्तोष हुआ कि राजमार्ग की दूकानों पर क्रय-विक्रय की धूम है। सरयू यात्रियों और वस्तुओं को उस पार तथा समुद्र तक ले जानेवाले नौकाओं से भरी हुई है और नगर के उपवनों में विहार करनेवाले नागरिकों की भीड़ है। प्रजा की सुख-समृद्धि से सन्तुष्ट होकर महाराज ने अपने गुप्त दूत से पूछा कि क्या पुरवासियों में मेरे विषय में कोई प्रतिकूल किंवदन्तियां भी फैली हुई हैं? पहले तो गुप्त दूत इन्कार करता रहा, परन्तु बहुत आग्रह करने पर उसने उत्तर दिया कि हे देव, केवल इतनी बात को छोड़कर कि आपने राक्षस के घर में रही हुई देवी जानकी को अपने घर में स्थान दे दिया है, अन्य सब बातों में प्रजाजन आपके चरित्र की भूरि-भूरि प्रशंसा करते हैं। विशुद्ध चरित्रवाली पत्नी की निन्दा के कारण होने वाली अपकीर्ति का कठोर समाचार सुनकर महाराज राम का हृदय ऐसे विदीर्ण हो गया जैसे लोहे के घन की चोट खाकर तपा हुआ लोहा विदीर्ण हो जाता है। उनके सामने धर्म-संकट उपस्थित हो गया। वे सोचने लगे कि क्या मैं अपने अपयश की चर्चा की उपेक्षा कर दूं, अथवा अपनी दोषरहित सती पत्नी का परित्याग कर दूं! चिरकाल तक

उनका मन सन्देह के झूले में झूलता रहा। अन्त में उन्होंने निश्चय किया कि अपयश को धोने का अन्य कोई उपाय नहीं है, इस कारण पत्नी का परित्याग करूंगा, यशोधन व्यक्ति यश को इन्द्रियों की सुख-सामग्री से तो क्या, शरीर से भी अधिक मूल्यवान् मानते हैं।

राम ने अपने सब भाइयों को बुलाकर शहर में फैली हुई निन्दा की बातें सुनाईं तो वे लोग अपने बड़े भाई को चिन्तित देखकर बहुत दुःखी हो गए। राम ने उनसे कहा—

तुम लोग देखो कि सूर्य से उत्पन्न हुए इस राजर्षियों के कुल पर सर्वथा सदाचारी होते हुए भी मेरे कारण इस प्रकार कलंक लग रहा है, जैसे बरसाती हवा के झोंके से दर्पण पर धब्बा पड़ जाता है; जैसे बांधने वाला खूंटा गज के लिए असह्य होता है, वैसे ही पानी में तेल की भांति फैलते हुए इस अपयश को मैं नहीं सह सकता। इस अपयश को मिटाने के लिए मैं जानकी का परित्याग करूंगा। मैं जानता हूं कि वह सन्तानवती होनेवाली है, परन्तु पहले भी पिता की आज्ञा रूपी धर्म का पालन करके मैंने रत्नगर्भा वसुंधरा का परित्याग कर दिया था। मैं जानता हूं कि वैदेही सर्वथा निष्कलंक है— परन्तु मैं लोकनिन्दा को बहुत बलवान मानता हूं। विशुद्ध चन्द्रमा पर पृथ्वी की जो छाया पड़ती है, लोक ने उसे सत्य मानकर चन्द्रमा पर कंलक होने का आरोप लगा दिया है। हो सकता है, तुम लोग सोचो कि फिर रावण के वध में समाप्त होनेवाले मेरे प्रयत्न निष्फल हो जाएंगे। उनका उद्देश्य आततायी को दण्ड देकर अपकार का बदला लेना था, वह पूरा हो गया। ठोकर मारनेवाले पांव को सांप क्या रक्त पीने की इच्छा से डंसता है? यदि तुम चाहते हो कि मैं चिरकाल तक निष्कलंक जीवन व्यतीत करूं तो करुणा के प्रभाव में आकर मेरे संकल्प का विरोध न करना।

जब जानकी के प्रति रुखाई से भरे ये शब्द भाइयों ने सुने तो उसमें से किसी की न निषेध करने की हिम्मत हुई और न अनुमोदन करने की। तब अलग ले जाकर महाराज ने अपने आज्ञाकारी भाई लक्ष्मण को 'हे सौम्य' इस प्रकार सम्बोधन करके आज्ञा दी कि तुम्हारी भाभी गर्भवती होने के पश्चात् तपोवन जाने की इच्छा प्रकट कर चुकी है, सो इसी निमित्त तुम उसे वाल्मीकि मुनि के आश्रम में ले जाकर छोड़ आओ।

लक्ष्मण ने सुन रखा था कि परशुराम ने पिता की आज्ञा से शत्रु की तरह माता का सिर उतार दिया। गुरुओं की आज्ञा पालन करने में आगापीछा करना अनुचित है, इस भावना से उसने बड़े भाई के आदेश को स्वीकार कर लिया।

लक्ष्मण ने सीता को सूचना दी कि महाराज ने उनकी इच्छा-पूर्ति के लिए गंगातीर पर बने हुए आश्रमों पर जाने की आज्ञा दे दी है। इस अनुकूल समाचार से प्रसन्न होकर वह सौमित्र द्वारा लाए हुए, निर्भय और सुसंस्कृत घोड़ों से युक्त रथ में बैठकर लक्ष्मण के साथ आश्रमों की ओर रवाना हो गई। जब रथ उन मनोहर प्रदेशों में से होकर जा रहा था तो जानकी उसे देखकर मन ही मन सोचती थी कि मेरा पति कितना अच्छा है कि उसने मेरी प्रिय अभिलाषा इतनी शीघ्र पूरी कर दी। उस बेचारी को क्या पता था कि जो दूसरों के लिए कल्पवृक्ष था, वह उस समय उसके लिए तलवार की तरह काटनेवाले पत्तोंवाला अँसिवृक्ष बना हुआ है। रास्ते में लक्ष्मण ने सीता से सच्ची परन्तु अप्रिय बात नहीं कही, तो भी दाहिनी आंख फड़कने से जानकी ने किसी भावी अनर्थ का अनुमान लगा लिया और मन ही मन महाराज और उनके छोटे भाइयों के कल्याण की प्रार्थना करने लगी।

रथ गंगा के तट पर पहुंचकर रुक गया। लक्ष्मण ने गंगा की ओर दृष्टि डाली तो उसे प्रतीत हुआ, मानो गंगा अपने तरंग-रूपी हाथों को उठाकर उसे ऐसा अन्यायपूर्ण कार्य करने से रोक रही है। सुमन्त्र ने रथ से उतरकर घोड़ों को संभाल लिया तो लक्ष्मण ने अपनी भाभी को भी गंगा तट पर उतार लिया और निषाद द्वारा लाई हुई नौका पर बैठकर नदी को ऐसे पार कर लिया जैसे सत्यप्रतिज्ञ व्यक्ति अटूट निश्चय की सहायता से अपनी प्रतिज्ञा के पार लग जाता है।

गंगा के पार पहुंचकर, लक्ष्मण ने बहुत यत्नपूर्वक अपनी लड़खड़ाती वाणी को और उमड़ते हुए आंसुओं को दबाकर, महाराज की प्रलय-काल के मेघों से बरसनेवाली शिलाओं की वर्षा के सदृश कठोर आज्ञा सीता को सुनाई। उस आज्ञा को सुनकर और पराजय और अपमान की आंधी से चोट खाई लता की तरह आभूषण रूपी पुष्पों को बिखेरती हुई सीता बेहोश होकर अपनी जननी पृथ्वी की गोद में लेट गई।

इक्ष्वाकु वंश में उत्पन्न हुआ, आर्य-चरितवाला पति इसे कैसे त्याग सकता है, मानो यह सोचकर पृथ्वी माता ने उस समय जानकी को अपने अन्दर शरण न दी। जब तक सीता चेतनाहीन रही, दुःख की अनुभूति से दूर रही, परन्तु ज्यों ही उसे चेतना आई, हृदय में वेदना की आग-सी जल उठी। लक्ष्मण के यत्न से प्राप्त हुई चेतना उसके लिए मोह की अपेक्षा अधिक कष्टदायक सिद्ध हुई। उस अगाध दुःख के समय भी सर्वथा पाप से शून्य सीता ने पति के दोष की बात नहीं कही, वह निरन्तर दुःखी रहने के लिए, खोटे कर्मों को कारण मानकर, अपने

आपको ही कोसने लगी। लक्ष्मण ने भाभी को सान्त्वना देकर वाल्मीकि मुनि के आश्रम का मार्ग बतला दिया और 'हे देवी! मैं बड़े भाई का आज्ञाकारी होने से विवश हूं। मेरा अपराध क्षमा करना'! कहकर सीता के चरणों में गिर पड़ा। सीता ने उसे उठाकर कहा–

सौम्य, मैं तुझसे प्रसन्न हूं। तू चिरजीवी हो। जैसे भूपेन्द्र विष्णु अपने बड़े भाई इन्द्र की आज्ञा से बंधा हुआ है, वैसे ही तू भी अपने बड़े भाई का पराधीन है। तू घर वापस जाकर सब माताओं को क्रम से मेरा प्रणाम कहना, और मेरी ओर से निवेदन करना कि मेरे शरीर में आपके पुत्र की जो संतान गर्भ-रूप में विद्यमान है, उसे आशीर्वाद दीजिए और मेरी ओर से उस राजा से कहना कि तुम तो अग्नि-परीक्षा द्वारा मेरे चरित्र की विशुद्धता को जान चुके थे, फिर भी केवल झूठे लोकापवाद को सुनकर तुमने मेरा त्याग कर दिया, क्या यह काम यशस्वी रघुकुल के योग्य हुआ है? परन्तु तुम बुद्धिमान हो। तुमने मेरे साथ जो कुछ किया, उसमे दोष की आशंका क्यों करूं? मैं समझती हूं कि यह असह्य वज्राघात मेरे ही पूर्वजन्मों के पापों का फल है। जब साम्राज्य की लक्ष्मी तुम्हारे चरणों में लोट रही थी, तब उसे छोड़कर तुम मेरे साथ वन को चल दिये थे। उस असहिष्णु लक्ष्मी ने अधिकार पाते ही अपना बदला ले लिया। उसने मुझे तुम्हारे भवन से निकालकर बाहर कर दिया। तुमने मुझे शरणार्थिनी बनाकर दूसरों के साथ भेज दिया है। वनवास के समय राक्षसों के उत्पात से पीड़ा पाए हुए वनवासियों की स्त्रियों को मैं तुम्हारे बल पर शरण दिया करती थी। तुम्हारे जाज्वल्यमान रहते आज मैं शरणार्थिनी बनकर उन्हीं वनवासियों के पास कैसे जाऊंगी! मैं तो तुम्हारे द्वारा परित्यक्त होने पर इस अपमानित जीवन को ही समाप्त कर देती, परन्तु क्या करूं, मेरे शरीर में तुम्हारा जो तेज गर्भ के रूप में विद्यमान है, वह मुझे आत्मघात से रोकता है। सो मैं सन्तान होने तक सूर्य में ध्यान लगाकर तपस्या करने का यत्न करूंगी, जिससे दूसरे जीवन में भी तुम्हीं मेरे पति बनो, और तब इस जीवन की तरह हमारा वियोग भी न हो। मनु ने आदेश दिया है कि वर्णों और आश्रमों की रक्षा करना राजा का धर्म है; इस कारण यद्यपि तुमने मुझे घर से निकाल दिया है, तो भी साधारण तपस्विनी समझकर मुझपर अपनी सुरक्षा का हाथ तो रखना ही।

लक्ष्मण ने सीता देवी का सन्देश सिर झुकाकर सुना और आश्वासन दिया कि वह उसे महाराज तक पहुंचा देगा। तब लक्ष्मण वहां से चला गया। उसके जाने पर सीता फूट-फूटकर रोने लगी। उसके रोने का शब्द सुनकर मोरों ने नाचना,

वृक्षों ने फूलना और हरिणियों ने मुंह का कुशाग्रास छोड़ दिया। उस सती के दुःख से दुःखी होकर मानो सारा तपोवन रो पड़ा।

उसी समय कुशा और ईंधन के संचय के लिए घूमते हुए मुनि वाल्मीकि, क्रौंच-वध से दुःखी हो, जिनकी आत्मा से सर्वप्रथम श्लोक प्रकट हुआ था, सीता के रोने का शब्द सुनकर वहां आ पहुंचे। मुनि को देखकर सीता ने आंखों पर छाए हुए आंसुओं को पोंछ डाला और विलाप छोड़कर चरणों में झुककर प्रणाम किया। मुनि ने उसके चेहरे को देखकर पहचान लिया कि वह दोहद के चिह्नों से युक्त है और सुपुत्रवती होने का आशीर्वाद दिया। फिर कहा—

मैं समाधि द्वारा जान चुका हूं कि तुझे, झूठे अपवाद से घबराकर, तेरे पति ने त्याग दिया है। बेटी, इसका दुःख मत करना। तू यहां अपने पिता के दूसरे घर में ही आ गई है। तीनों लोकों के कष्टदायी कांटों को निकालने वाले, प्रतिज्ञा को पूर्ण करनेवाले, और विनयशील राम ने निर्दोष होते हुए भी तेरे साथ दोषी जैसा व्यवहार किया—इस कारण राम से मैं रुष्ट हूं। तेरा यशस्वी श्वसुर मेरा मित्र था। तेरा पिता विद्वानों को भी मोक्षसंबंधी उपदेश देनेवाला है, तू स्वयं पति को देवता माननेवाली सती स्त्रियों में मूर्धन्य है, ऐसी कौन-सी चीज़ है जो तुझे मेरी सहानुभूति का पात्र नहीं बनाती? सो पुत्री, इस तपोवन में, जहां तपस्वियों के साथ रहने के कारण हिंसक जन्तु भी अहिंसक बन जाते हैं, तू निर्भय होकर निवास कर। सन्तान होने पर उनके जातकर्मादि संस्कार यहीं पर हो जाएंगे। मुनियों के तटवर्ती आश्रमों से सुशोभित, पापों का हरण करने वाली सरयू में स्नान और उसकी रेती में इष्ट देवताओं का पूजन करने से तेरे मन की उदासी जाती रहेगी। मुनियों की वाक्पटु कन्याएं ऋतु के पुष्पों, फलों और स्वयं ही उत्पन्न होनेवाली बलि के योग्य चीज़ों को जंगलों से ला-लाकर तेरे नवीन दुःख से घायल मन को बहलाया करेंगी। आश्रम के नन्हें-नन्हें पौधों को शक्ति-अनुसार घड़ों के जल से सींचकर, सन्तान-उत्पत्ति से पहले ही तू बच्चों को दूध पिलाने का सुख प्राप्त कर सकेगी।

इस प्रकार आश्वासन देकर, ऋषि वाल्मीकि जनक-नन्दिनी को अपने आश्रम में ले गए, और उसे उसके दुःख से दुःखी सहृदय तपस्वियों के हाथ में सौंप दिया। तपस्वियों ने रात्रि के समय सीता के निवास के लिए जो कुटीर सन्नद्ध किया, उसमें इंगुदी के तेल से दीपक जलाने की व्यवस्था थी और शुद्ध मृग-चर्म का बिस्तर बिछा हुआ था। वहां वल्कल-धारिणी सीता प्रतिदिन स्नान से विशुद्ध होती

और अतिथियों की सेवा का पुण्य-लाभ करती हुई, पति की सन्तान के निमित्त जीवन-यात्रा तय करने लगी।

सम्भव है, अब महाराज के मन में दया का भाव उत्पन्न हो जाए ऐसा सोचकर लक्ष्मण ने सीता का दिया हुआ करुणा-जनक सन्देश अपने बड़े भाई को सुना दिया। उसे सुनकर राम की आंखों में सहसा आंसू आ गए, जैसे पौष माह का चन्द्रमा ओस से धुंधला हो जाता है। कारण यह कि राम ने सीता को बदनामी के डर से पृथक् किया था, मन से पृथक् नहीं किया था। शीघ्र ही राम ने शोक के आवेश को धैर्य से दबा लिया और सब भाइयों के साथ मिलकर आसक्ति से शून्य होकर शासन के कार्य में लग गये। राजलक्ष्मी मानो सौत के हट जाने से निश्चिन्त होकर, राम की बगल में सुख से विश्राम करने लगी। जब सीता को यह समाचार मिला कि उसका परित्याग करके राम ने दूसरा विवाह नहीं किया, और यह भी सुना कि अश्वमेध यज्ञ में सहधर्मिणी के स्थान पर उसकी स्वर्णमयी मूर्ति को स्थापित किया गया है, तब पति-वियोग का बहुत भारी दुःख भी उसे कुछ सह्य प्रतीत होने लगा।

राम का शरीर-त्याग

सीता का परित्याग करने पर राम एकचित्त होकर रत्नाकर-मेखला पृथ्वी का शासन करने में लग गए। यमुना-तट पर तपस्या करनेवाले मुनि लोगों को लवण नाम का राक्षस दुःखी करता था। वे लोग रक्षा की प्रार्थना लेकर महाराज के पास आए। राम पर भरोसा करके उन्होंने राक्षस पर अपने तपोबल से प्रहार नहीं किया। तपस्वी लोग अन्य कोई उपाय न होने पर ही शाप देने में तप का व्यय करते हैं। राम ने उन्हें रक्षा का आश्वासन दे दिया। भगवान पृथ्वी पर धर्म की रक्षा के लिए शरीर धारण करते हैं। मुनियों ने राम को लवण को मारने का उपाय बतलाते हुए कहा कि शूलधारी लवण को जीतना कठिन है, ऐसे समय उसपर आक्रमण करना चाहिए, जब उसके पास शूल न हो। महाराज ने मानो नाम सार्थक करने के लिए शत्रुघ्न को शत्रु का नाश करने की आज्ञा दे दी। बड़े भाई से आशीर्वाद प्राप्त करके शत्रुघ्न मार्ग के रमणीक वन-स्थलों को देखता हुआ लवण पर विजय के लिए चला। राम ने पीछे से सहायता के लिए जो सेना भेजी, वह ऐसे सार्थक हुई जैसे धातु के साथ लगा हुआ सहायक उपसर्ग। शत्रु का नाश करने के लिए जाते हुए उसे ऋषि लोग मार्ग-दर्शन कर सहायता देते थे। रास्ते में ऋषि वाल्मीकि का आश्रम पड़ा। शुत्रघ्न ने एक रात वहां निवास किया। तप के प्रभाव से जुटाई हुई अनेक प्रकार की रुचिकर वस्तुओं से ऋषि ने उसका स्वागत किया। जिस रात शत्रुघ्न ने ऋषि के आश्रम में विश्राम किया, उसी रात सीता ने दो राजकुमारों को जन्म दिया।

दूसरे दिन प्रातःकाल राजकुमारों के जन्म से प्रसन्नमन होकर शत्रुघ्न ने विजय-यात्रा के लिए प्रयाण किया। अन्त में वह रावण की बहिन कुम्भीनसी के पुत्र लवण की मधुपघ्न नाम की नगरी के समीप जा पहुंचा, जहां लवण ने कर की भांति भोजन के लिए वन से लाकर तरह-तरह के प्राणियों को इकट्ठा कर

रखा था। लवण का धुएं जैसी कालिमा मिला हुआ लाल रंग था, उसके शरीर से चर्बी की गन्ध आ रही थी, उसके आग की तरह लाल-लाल बाल थे, और वह मांस खाने वाले राक्षसों से घिरा हुआ था—मानो चलती-फिरती चिता की आग हो। शत्रुघ्न ने जब उसे शूलरहित पाया, तभी उसपर आक्रमण कर दिया। युद्ध में उन्हीं को जय प्राप्त होती है, जो शत्रु की निर्बलता के समय उसपर प्रहार करते हैं। 'आज मुझे भरपेट भोजन नहीं मिला था, इससे डरकर मानो विधाता ने तुझे मेरे पास भेजा है'—इस प्रकार ललकारकर राक्षस ने उस पर फेंकने के लिए एक बड़े पेड़ को ऐसी सुगमता से उखाड़ लिया जैसे घास को उखाड़ लेते हैं। शत्रुघ्न के बाणों ने रास्ते में ही वृक्ष को काट दिया—फलतः वृक्ष तो उस तक न पहुंचा, केवल उसके फूलों का रज उड़कर उसके अंगों को सुशोभित करने लगा। वृक्ष के निष्फल होने पर लवण ने यमराज की मुष्टि के समान एक बड़ी शिला उठाकर राजपुत्र पर फेंकी। शत्रुघ्न ने उसपर इंद्रास्त्र का प्रहार किया, जिससे वह शिला बालू से भी अधिक सूक्ष्म परमाणुओं में बंट गई। तब राक्षस अपनी दाहिनी भुजा को उठाकर राजपुत्र की ओर लपका—उस समय राक्षस आंधी से प्रेरित किए हुए ऐसे पर्वत की भांति प्रतीत हो रहा था, जिस पर ताल का एक ही पेड़ लगा हुआ हो। शत्रुघ्न ने राक्षस के हृदय पर वैष्णवास्त्र का प्रहार किया, जिससे निष्प्राण होकर पृथ्वी को कंपाता और तपस्वियों के हृदयकम्पन को मिटाता हुआ लवण नीचे गिर गया। उस समय राक्षस के शरीर पर कौए मंडराने लगे और शत्रुघ्न के सिर पर आकाश से पुष्प-वर्षा होने लगी। लवण का नाश करके शत्रुघ्न ने ऐसा अनुभव किया कि मानो अब उसने इन्द्रजित् को मारनेवाले लक्ष्मण भैया का भाई बनने की योग्यता प्राप्त कर ली हो।

तपस्या में विघ्न उत्पन्न करने वाले राक्षस के नाश से संतुष्ट होकर ऋषि लोग शत्रुघ्न की प्रशंसा करने लगे तो विजयी क्षत्रिय का सिर लज्जा से नीचे झुककर अधिक शोभायमान होने लगा। विजय के उपलक्ष्य में शत्रुघ्न ने कालिन्दी के तट पर मधुरा नाम के नगर की स्थापना की। सुखकारी राज्य के आकर्षण से खिंचे हुए पौरजनों के ऐश्वर्य के कारण वह नगरी ऐसी प्रतीत होने लगी मानो स्वर्ग से छलककर गिरी हुई विभूति से सजाई गई हो। नये राजमहल की ऊँची अट्टालिका में बैठकर जब शत्रुघ्न चक्रवाकों वाली यमुना की धारा को देखता था तो वह भूमि की सोने के शृंगार से युक्त वेणी-सी दिखाई देती थी।

उधर वाल्मीकि मुनि ने दशरथ और जनक दोनों की मित्रता को निभाते हुए राम के पुत्रों के विधिवत् संस्कार किए। उनकी उत्पत्ति के समय गर्भ के क्लेश

को दूर करने के लिए कुश और लव (गौ की पूंछ के बाल) से सहायता ली गई थी, इस कारण शिशुओं के नाम कुश और लव रखे गए। ऋषि ने उन्हें वेद-वेदांत की शिक्षा से परिष्कृत और शस्त्र-विद्या से शक्तिसम्पन्न बनाकर, पिता-तुल्य राजकुमार बना दिया।

उन्हीं दिनों ऋषि ने रामायण की रचना की, और वह कुश और लव को याद करा दी। स्वर-सहित गाए हुए रामायण के श्लोकों में अपने पति का मधुर वृत्तान्त सुनकर सीता अपने वियोग-दुःख को भूल जाती थी।

राम के अन्य तीनों भाइयों के भी दो-दो पुत्र उत्पन्न हुए। शत्रुघ्न ने अपने सुबाहु और बहुश्रुत नाम के पुत्रों को मधुरा में प्रतिष्ठापित कर दिया, और स्वयं अयोध्या को लौट गया। उसने लौटते हुए इस भय से कि वाल्मीकि के तप में विघ्न न हो, उनके आश्रम में डेरा न डाला, और इस कारण कुश और लव के गाए हुए श्लोकों को शान्त भाव से सुनते हुए मृगों वाले आश्रम का आनन्द न ले सका।

अयोध्या पहुंचकर शत्रुघ्न ने सभासदों से घिरे हुए श्रीराम को सादर प्रणाम किया। राम ने भी उसकी पीठ पर हाथ रखकर आशीर्वाद दिया। शत्रुघ्न ने राम को विजय-यात्रा के और तो सब समाचार सुना दिए, केवल सन्तानोत्पत्ति का वृत्तांत न सुनाया, क्योंकि वाल्मीकि मुनि ने आदेश दे दिया था कि उन्हें मैं यथासमय राम के अर्पण करूंगा, तुम उनके विषय में कुछ न कहना।

एक दिन नगरनिवासी एक ब्राह्मण बाल्यावस्था में ही मरे हुए अपने पुत्र की लाश को गोद में लेकर राम के द्वार पर इस प्रकार क्रन्दन करने लगा कि हे धरती माता, तेरी शोचनीय दशा है। तू जब से दशरथ से छूटकर राम के हाथों में आई है, निरन्तर दीन से दीन दशा को प्राप्त होती जा रही है। इससे पहले इक्ष्वाकुवंशजों के राज्य में कभी अकाल-मृत्यु तो नहीं होती थी। इस प्रकार ब्राह्मण के कष्ट का कारण सुनकर प्रजापालक राम को बहुत लज्जा आई, और ब्राह्मण से थोड़ी प्रतीक्षा के लिए क्षमा मांगकर उन्होंने पुष्पक विमान का स्मरण किया। तत्काल विमान सेवा में उपस्थित हो गया। महाराज सशस्त्र हो उसमें बैठकर यह देखने चले कि इस अकालमृत्यु का कारण क्या है! उस समय उन्हें आकाशवाणी सुनाई दी—''हे राजन्, तुम्हारे राज्य में कोई मर्यादा-विरोधी कार्य हो रहा है, उसे ढूंढ़कर शान्त करो। तभी तुम कृतकृत्य हो सकोगे।' आकाशवाणी से प्रेरित होकर राम ने विमान द्वारा चारों ओर दौरा लगाया। उन्होंने देखा कि एक वृक्ष की शाखा से उलटा लटका हुआ धुएं की भांति धुंधली लाल आंखों वाला कोई पुरुष तपस्या

कर रहा है। पूछने पर उसने अपना परिचय दिया कि वह शम्बूक नाम का शुद्र है और देवपद की प्राप्ति के लिए तप कर रहा है। जो-जो विद्याध्ययनादि द्वारा द्विज पद का अधिकारी नहीं हुआ, उसे तपस्या का अनाधिकारी मानकर राम ने दण्ड देने के लिए शस्त्र हाथ में लिया और उसके हिम से कुम्हलाए हुए कमल जैसे सिर को गर्दन रूपी नाल से काटकर अलग कर दिया। कठोर तप से भी शम्बूक को जो पुण्य प्राप्त न होता, वह महाराज के हाथों से मरने से प्राप्त हो गया।

समयान्तर में अगस्त्य मुनि ने प्रकट होकर समुद्र से प्राप्त किया हुआ दिव्य अलंकार राम को भेंट किया, जिसे सीता की अनुपस्थिति में राम उदास मन से ग्रहण करके राजधानी में लौटे, तो उससे पहले ब्राह्मण का वह शिशु, जिसे वह मृत समझे हुए था, सचेत हो चुका था। जो ब्राह्मण राम की निन्दा करता हुआ अयोध्या आया था, वह यमराज से भी रक्षा करने वाले दिव्य पुरुष की स्तुति गाता हुआ घर को लौटा।

अनन्तर राम ने अश्वमेध यज्ञ करने का निश्चय किया। जब उन्होंने यज्ञ के अश्व को देश-देशान्तरों में विचरण के लिए छोड़ दिया, तब विभीषण, सुग्रीव तथा अन्य भूपतियों की ओर से बहुमूल्य भेंटों की वर्षा होने लगी। निमन्त्रित ऋषि लोग अपने तपोवन और दिव्य स्थानों को छोड़कर अयोध्या में एकत्र होने लगे। अभ्यागतों के ठहरने की व्यवस्था राजधानी के भीतर और उसके चारों मुख्य द्वारों के बाहर भी की गई। उस समय अयोध्या ऐसे प्रतीत होती थी, मानो अपनी बनाई सृष्टि से गिरी हुई चतुर्मुख ब्रह्मा की मूर्ति हो। एक पत्नीव्रती राम ने यज्ञ-मण्डप में यजमान-पत्नी के स्थान पर सीता की स्वर्णमयी प्रतिमा की स्थापना की थी—यह भी इक्ष्वाकु वंश के यश के योग्य ही प्रशंसनीय कार्य था। राम के यज्ञ की यह विशेषता थी कि राक्षस लोग भी उसके रक्षक बन गए थे।

उसी अवसर पर प्राचेतस मुनि वाल्मीकि की रचना रामायण के श्लोकों में गाते हुए कुश और लव अयोध्या में घूम रहे थे। राम का पावन चरित, वाल्मीकि जैसा कवि, और किन्नर के समान मधुर स्वर वाले गायक, सुननेवालों को मुग्ध करने के लिए और कौन-सी वस्तु शेष थी! राम को जब समाचार मिला तो उत्सुक होकर भाइयों के साथ उसने उन्हें सभा में बुलाया, और रामायण सुनी। जैसे शीत ऋतु के प्रभात में वन-वृक्षों के पत्तों से ओस की बूंदें झरने लगती हैं, कुश और लव के करुणाभरे संगीत को सुनकर सभासदों के नेत्रों की वही दशा हो गई। कोई आंख नहीं थी, जिसमें पानी न हो। आंसू और वेश भिन्न थे परन्तु मुखमुद्रा

वही थी, जो राम की। यह देखकर जनता की आंखों की टकटकी नहीं टूटती थी। लोगों को उतना आश्चर्य कुमारों की संगीत में प्रवीणता से नहीं हुआ था, जितना उनके प्रति राम की उपेक्षा से हुआ। जब राम ने उनसे स्वयं पूछा कि यह किस कवि की कृति है, और तुम्हें संगीत की शिक्षा किसने दी है, तो उन्होंने वाल्मीकि मुनि का नाम लिया। तब राम अपने भाइयों को साथ लेकर मुनि के पास गए और सारा राज्य उनकी सेवा में भेंट कर दिया। वाल्मीकि मुनि ने राम को कुश और लव के सम्बन्ध में सब कुछ बताकर राज्य के बदले में राम द्वारा सीता के ग्रहण की मांग पेश की। राम ने उत्तर दिया–

भगवन्, आपकी बेटी तो हम सबके सामने अग्नि-परीक्षा द्वारा शुद्ध सिद्ध हो चुकी है। परन्तु क्या किया जाए! यहां की प्रजा उसपर विश्वास नहीं करती। अतः जानकी इन सबके सामने अपने-आपको पवित्र सिद्ध करे तब मैं आपकी आज्ञा से उसे अंगीकार कर लूंगा।

राम के ऐसा आश्वासन देने पर वाल्मीकि ने अपने शिष्यों द्वारा सीता को अयोध्या में बुला लिया।

एक दिन राम ने राजधानी के नागरिकों को एकत्र करके आदिकवि को सन्देश भेज दिया। ऋषि सीता और बालकों के साथ वहां उपस्थित हो गये। सीता ने गेरुए रंग के कपड़े पहने हुए थे, उसकी आंखें अपने चरणों की ओर झुकी हुई थीं, और मूर्ति शान्त थी। यह सब कुछ देखकर अनायास ही यह अनुमान होता था कि वह देवी सर्वथा निर्दोष है। जब सीता जी सामने आईं तब लोग फलों के बोझ से लदे हुए धान के पौधों की तरह, दूसरी दिशा को मुंह करके, नीचे की ओर देखने लगे। योगासन में बैठे हुए वाल्मीकि मुनि ने राम के सामने आदेश दिया कि 'बेटी, प्रजा के संशय को दूर करो!' मुनि के शिष्य द्वारा दिये हुए जल से आचमन करके सती सीता ने सच्चे दिल से इस प्रकार प्रार्थना की–

'हे माता वसुन्धरे, यदि मैंने कभी मन, वाणी या कर्म से अपने पति के अतिरिक्त अन्य किसी से सम्पर्क नहीं किया तो मुझे अपनी गोद में छिपा ले।'

सती का वचन पूरा होते ही पृथ्वी फट गई, और उसमें से बिजली की तरह चमकता हुआ ज्योति का एक पिण्ड प्रकट हो गया। लोगों ने आश्चर्यचकित नेत्रों से देखा कि ज्योति के उस मण्डल में नाग-फणों द्वारा उठाए हुए सिंहासन पर समुद्र-मेखला पृथ्वी स्वयं विराजमान है। उसने आकर सीता को अपनी गोद में ले लिया, सीता भाव-भरे नेत्रों से अपने पति की ओर देख रही थी, और राम

'ठहरो ठहरो' चिल्ला रहे थे कि पृथ्वी माता सीता को गोद में लेकर विलीन हो गई। उस समय राम को पृथ्वी पर बहुत क्रोध आया और उसने अपने धनुष की ओर हाथ बढ़ाया। ऋषि ने उसे समझाकर शान्त कर दिया कि दैव की यही इच्छा थी और दैव की इच्छा टल नहीं सकती। अतः क्रोध करना व्यर्थ है।

यज्ञ की समाप्ति पर राम ने ऋषिओं और राजाओं को आदर सहित विदा कर दिया, और उसके हृदय में सीता के प्रति जो प्रेम था, सीता के पुत्रों में उसे केन्द्रित कर दिया। भरत के मामा युधाजित् के आदेश से राम ने सिन्धु देश भरत को सौंप दिया, जहां पहुंचकर भरत ने वहां के गन्धर्वों को जीत लिया और उनके हाथों में हथियार के स्थान पर वीणा पकड़ा दी। भरत अपने तक्ष और पुष्फल नाम के पुत्रों को उनके नाम से बनाई हुई 'तक्ष' और 'पुष्कल' नाम की राजधानियों में अभिषिक्त करके स्वयं अपने बड़े भाई के पास लौट आया। महाराज की आज्ञा से लक्ष्मण ने अपने अंगद और चन्द्रकेतु नाम के पुत्रों को कारापथ का राज्य सौंप दिया। इसी बीच राम की माताओं का स्वर्गवास हो गया। सबने उनका यथायोग्य तर्पण किया।

एक समय शरीरधारी मृत्यु ने राम से एकान्त में बातचीत करने की इच्छा प्रकट करते हुए यह शर्त लगाई कि जो कोई हमको एकान्त में बात करते देखेगा तुम्हें उसका परित्याग कर देना होगा। राम के स्वीकार कर लेने पर काल ने एकान्त में अपना असली रूप प्रदर्शित करके ब्रह्मा का यह सन्देश सुनाया कि आप स्वर्ग में विराजमान हों। उसी समय क्रोधी मुनि दुर्वासा ने द्वार पर आकर रामचन्द्र से भेंट करने की इच्छा प्रकट की। इसे काल की गति ही समझना चाहिए कि सब कुछ जानते हुए भी द्वार की रक्षा के लिए नियुक्त लक्ष्मण ने स्वयं ही दुर्वासा के क्रोध से डरकर नियम को भंग कर दिया। वह महाराज से आज्ञा लेने अन्दर चला गया। फल यह हुआ कि लक्ष्मण को दण्ड देना राम के लिए आवश्यक हो गया। बड़े भाई को भावनाओं के संकट से बचाने के लिए लक्ष्मण ने सरयू-तट पर योगसमाधि द्वारा अपने शरीर का त्याग कर दिया। राम ने भी विधाता के आदेश को सिर नवाकर स्वीकार कर लिया, और वह कुशावती में कुश और शरावती में लव को स्थापित करके भाइयों के साथ यज्ञाग्नि के पीछे-पीछे, उत्तर दिशा की ओर प्रस्थित हो गया। अपने स्वामी के प्रेम से खिंचे हुए पुरवासी भी घरों को छोड़कर साथ हो लिए। जब वानरों और राक्षसों को मालूम हुआ कि महाराज राज्य को त्यागकर वन की ओर जा रहे हैं तो वे कदम्ब की कली जैसे बड़े-बड़े

आंसुओं को बहाते हुए उसी मार्ग पर चल पड़े। इतने में राम को लेने के लिए पुष्पक विमान आ गया। पुरवासियों ने सरयू में स्नान करके पुण्य-लाभ किया। उस समय स्नान करनेवालों की भीड़ के कारण नदी का जल ऐसा प्रतीत होता था, मानो गौओं के झुण्ड उसमें तैर रहे हों। तभी से वह तीर्थ गोप्रतर नाम से पुकारा जाने लगा।

राम ने आततायी रावण का वध, और तपस्वियों की रक्षा का कार्य पूरा करके शान्ति-रक्षा के लिए उत्तर में हनुमान और दक्षिण में विभीषण को अपने दो कीर्तिस्तम्भों के समान स्थापित कर दिया, और स्वयं स्वर्ग सिधार गए। उनकी भक्ति में जिन वानरों, राक्षसों तथा पौरजनों ने शरीर त्याग किया, उनके लिए भगवान ने एक स्वर्ग की रचना कर दी।

उत्तराधिकारी कुश

महाराज रामचन्द्र के परलोक-गमन के पश्चात् लव आदि अन्य सातों रघुवंशी राजकुमार अग्रज होने और गुणवान् होने के कारण कुश को अपना बड़ा मानने और उत्कृष्ट वस्तुओं से उसका अभिनन्दन करने लगे। इस विषय में उन्होंने अपनी कुलप्रथा का ही अनुकरण किया। वे अपने-अपने अधिकार क्षेत्र में दुर्ग तथा सेतु बनाने, कृषि, गोरथ्यादि की उन्नति करने और गज आदि वन्य पशुओं के बांधने और अन्य आन्तरिक प्रबन्ध में सन्नद्ध रहते थे, जैसे समुद्र की लहरें सीमा उल्लंघन नहीं करतीं। वे भी अधिकार क्षेत्र की सीमा का उल्लंघन नहीं करते थे।

आधी रात का समय था। दीपक बुझे हुए थे। शयनागार में सोए हुए कुश की नींद टूटी तो उसने क्या देखा कि एक ऐसी स्त्री सामने खड़ी है, जिसे उसने पहले कभी नहीं देखा था, और जिसकी वेश-भूषा वियोगिनी जैसी थी। सज्जन शासकों को प्राप्त होने वाली स्वाभाविक समृद्धि से युक्त, इन्द्र के समान तेजस्वी, विजेता राजा कुश के प्रति जय का आशीर्वाद देकर वह महिला हाथ जोड़कर खड़ी हो गई। भवन की कुण्डियां बन्द हैं, फिर भी जैसे दर्पण में छाया अनायास ही प्रविष्ट हो जाती है, वैसे ही यह शयनागार में कैसे आ गई? इसपर आश्चर्यान्वित होते हुए कुश ने बिस्तर पर बैठे हुए ही पूछा—

तू बन्द द्वारों वाले घर में पहुंच गई, परन्तु देखने से योगिनी प्रतीत नहीं होती। साथ ही तूने वेश ऐसा बनाया हुआ है, मानो पाले से मुरझाई हुई कमलिनी हो। बता, तू कौन है? किसकी पत्नी है? यहां किस उद्देश्य से आई है? इन प्रश्नों का उत्तर साफ-साफ दे। तू समझ ले कि रघुवंशियों का मन कभी परस्त्री की ओर नहीं झुकता।

उस स्त्री ने उत्तर दिया।

स्वर्गलोक को प्रयाण करने की इच्छा से जब तुम्हारे पिता ने निर्दोष राजधानी को छोड़ा था, तब नगरवासी उनके पीछे-पीछे चले गए, और नगरी को खाली कर गए थे। हे राजन्, तुम मुझे उस अनाथ अयोध्यापुरी की अधिदेवता जानो। रघुकुल-राज्य की राजधानी होने के कारण जो एक दिन इन्द्रपुरी को मात दे रही थी, वह मैं तुम जैसे सर्वशक्तिसम्पन्न सूर्यवंशी शासक के विद्यमान रहते अत्यन्त दयनीय दशा को प्राप्त हो गई हूं। मेरी विशाल और आकाश का छूनेवाली अटारियों ने खण्डहरों का रूप धारण कर लिया है तथा संगीतशालाएं टूट-फूट गई हैं। मेरा ऐसा रूप हो गया है जैसे उस सन्ध्याकाल का होता है, जिसमें सूर्य अस्त हो गया हो, और प्रचण्ड वायु ने बादलों को छिन्न-भिन्न कर दिया हो। जिस राजमार्ग पर किसी दिन अभिसारिकाओं की चमकदार पायलों की मधुर ध्वनि सुनाई दिया करती थी, वहां आज चीखते हुए गीदड़ मुंह में मांस के टुकड़े लिए फिरते हैं। जिन बावड़ियों में और स्त्रियों के घड़ों में पानी भरने के समय मृदंग जैसी मनोहर ध्वनि सुनाई दिया करती थी, जंगली भैसों के सींगों से चोट खाया हुआ उनका जल आज मानो चीत्कार कर रहा है। वे क्रीड़ा-मयूर, जिनके नृत्य से मेरे उपवन शोभायमान होते थे, आज वृक्षों पर सोते हैं, क्योंकि उनके लिए बनाए हुए घर नष्ट हो गए हैं, मृदंग का शब्द लुप्त हो जाने से उनका नृत्य बन्द है, जंगल की आग ने उनकी कलगियों को जला दिया है, और वे बिल्कुल जंगली मोर बन गए हैं। जिन सोपान-मार्गों को सुन्दर स्त्रियों के लाक्षा के रंग से रंगे हुए चरण अलंकृत करते थे, उनपर, अब हरिणों को मारकर रक्त से सने हुए पैरोंवाले व्याघ्र घूमा करते हैं। पद्मवनों में पौरजनों के स्थान पर सिंहों के नखांकुशों से घायल हाथी विचरण करते हैं, और उद्यानों में लगे हुए पुष्पों को नारियों के कोमल हाथों की जगह बन्दर नोंच-नोंचकर फेंकते हैं। भवनों की सफेदी काली पड़ गई है, इस कारण चांद की मोतियों के समान सफेद चांदनी भी घरों पर प्रतिक्षिप्त नहीं होती। जिन गवाक्षों में सुन्दर रमणियों की आंखें चमका करती थीं, उनमें रात के समय दीपक के अभाव से, और दिन में कीड़ों के बनाए हुए जालों के कारण अंधकार रहता है। जब मैं सरयू की रेती को और स्नान के समय काम आनेवाले चूर्ण आदि सुगन्धित पदार्थों से शून्य और वानीर आदि वनस्पतियों से भरा हुआ देखती हूं, तो मेरा हृदय जलने लगता है। हे राजन्, मैं यह कहने आई हूं कि जैसे तुम्हारे पूज्य पिता ने मानव-शरीर को इच्छापूर्वक त्यागकर दिव्य शरीर में प्रवेश कर लिया था, वैसे ही तुम भी इस कुशावती को छोड़कर अपने कुल की राजधानी में आ जाओ।

रघुवंश के अग्रणी कुश ने प्रसन्न मन से अयोध्या की अधिदेवता की प्रार्थना को स्वीकार कर लिया। अधिदेवता भी मुख से प्रसन्नता प्रकट करती हुई अन्तर्हित हो गई। प्रातःकाल राजसभा में राजा ने रात का सब वृत्तान्त सुनाया। मान्य सभासदों ने यह कहकर उसका अभिनन्दन किया कि राजधानी ने स्वयं आपको अपना स्वामी वर लिया है। कुश ने कुशावती वेद का अध्ययन करनेवाले श्रेत्रियों को सौंप दी और स्वयं अनुकूल दिन देखकर परिवार-सहित अयोध्या की ओर प्रयाण किया।

जैसे बरसाती वायु के पीछे बादल चलते हैं, वैसे ही उसके पीछे-पीछे सेनाओं ने भी प्रस्थान किया। रास्ते में सेना की छावनी ही कुश की राजधानी बन जाती थी। ध्वजाओं की पंक्तियां उपवनों के समान शोभायमान होती थीं। विशाल हाथी क्रीड़ा-फूलों के समान दिखाई देते थे, और रथ भवनों के स्थानापन्न थे। आगे-आगे नरेश की महती ध्वजा और पीछे-पीछे कोलाहल करती हुई सेनाएं—ऐसा प्रतीत होता था, मानो पूर्ण चन्द्रमा के प्रभाव से उमड़ता हुआ समुद्र उनका अनुगमन कर रहा हो। सेनाओं के रथ, हाथी, घोड़े और पदातियों के उठाए हुए रथ को आकाश में उठते हुए देखकर भान होता था, मानो सेनाओं के बोझ को सहन करने में अशक्त होकर, वसुन्धरा विष्णुलोक में अपनी शिकायत लेकर जा रही हो। यात्रा की तैयारी में, यात्रा के समय आगे और पीछे और उपनिवेश में, जहां भी देखो वहां सेना भरपूर दिखाई देती थी। मार्ग में जो धूलि थी, वह हाथियों के मद-वारि से पंक के रूप में, और जो पंक था वह घोड़ों के खुरों से उठाए हुए रज के कारण धूलि के रूप में परिणत हो गया। विन्ध्य पर्वत की घाटियों में अनेक भागों में बंटकर मार्ग ढूंढ़ती हुई और कोलाहल करती हुई वह सेना रेवा नदी के समान प्रतीत होती थी, जिसके कलकल की ध्वनि गुफाओं से प्रतिध्वनित हो रही थी। यात्रा के समय रंगदार पत्थरों के संघर्ष से कुश के रथ के पहिये रंगीन हो जाते थे। प्रयाण के शब्द में राजकीय वाद्य के मिश्रित हो जाने से तुमुल और मधुर ध्वनि आकाश में फैल जाती थी और स्थान-स्थान पर वनवासी किरात विविध उपहार लेकर उपस्थित होते थे, जिन्हें कुश आदरपूर्वक ग्रहण कर लेता था। मार्ग में त्रिवेणी तीर्थ पर पड़ाव करके लम्बी यात्रा के पश्चात् कुश जब सरयू के तट पर पहुँचा, तब उसे रघुंवशी राजाओं के महान् यज्ञों के चिह्नस्वरूप सैकड़ों स्तूप दिखाई दिए। राजधानी पहुंचने पर फूलों वाले वृक्षों के स्पर्श से सुगन्धित, और सरयू की तरंगों से शीतल वायु राजा और उसकी थकी हुई सेनाओं पर मानो पंखा झलने लगा। नगरी के भिन्न-भिन्न भागों में सैनिकों के ठहरने की व्यवस्था

कर दी गई। जैसे गर्मी से तपी हुई भूमि को जल से सींचकर मेघ नया कर देते हैं, वैसे ही स्वामी द्वारा नियुक्त कारीगरों के संघ ने थोड़े समय में सारी नगरी को नई नगरी का रूप दे दिया।

कुश ने नगरी में प्रवेश करने से पूर्व देवालयों में देवताओं की विधिपूर्वक अर्चना कराई। स्वयं मुख्य राजभवनों में प्रेमिका के हृदय में प्रेमी की भांति प्रवेश करके, अन्य अमात्यों तथा अनुजीवियों के लिए भी निवासस्थानों की व्यवस्था कर दी। घुड़शालाओं में घोड़े हिनहिनाने लगे, हस्तिगृहों में खम्भे से बंधे हुए हाथी झूमने लगे और दूकानों में बिक्री की बहुमूल्य सामग्री भर गई। उस समय वह पुरी ऐसे शोभायमान हो गई, जैसे विविध आभूषणों से सुशोभित सुन्दर नारी। रघुवंश की पुरानी शोभा से युक्त राजधानी में निवास करते हुए राजा कुश को न स्वर्ग के स्वामी इन्द्र से स्पर्द्धा रही, और न अलकापुरी के शासक कुबेर से। उसके अयोध्या में सुखपूर्वक शासन करते हुए ग्रीष्मऋतु का आगमन हुआ। ऐसी ग्रीष्मऋतु जो पतियों की प्यारी स्त्रियों को रत्नों से जड़े हुए उत्तरीय, अत्यन्त श्वेत छातियों पर हार और सांस से उड़ जाने वाले दुपट्टे पहनना सिखा देती है। सूर्य ने दक्षिण दिशा का परित्याग करके उत्तर दिशा की ओर प्रयाण किया, मानो इससे प्रसन्न होकर उत्तर दिशा पर्वतों की पिघलती हुई बर्फ द्वारा हर्ष के आंसू बहाने लगी। बावड़ियों का पानी शैवालवाली सीढ़ियों को छोड़कर प्रतिदिन नीचे जाने लगा, जिससे उनकी ऊंचाई स्नान करने वाली रमणियों की कमर तक रह गई। धनी लोग जलधाराओं द्वारा शीतल घरों में चन्दन के जल से धुले हुए मणिमय आसनों पर सोकर धूप के समय को काटने लगे। ऐसे तीव्र निदाघ के आने पर कुश की इच्छा हई कि लहरों की श्रेणियों में मस्त होकर घूमते हुए राजहंसों वाली, लताओं से बने हुए पुष्पगृहों द्वारा सुशोभित और गर्मी के दुःख को हरनेवाली सरयू के जलों में परिवार-सहित विहार करे। सरयू के तट पर स्नान और विश्राम के उपयुक्त स्थान तैयार किए गए और जाल डालने वाले तैराकों द्वारा सब नक्रों को निकालकर जल को सुरक्षित बना दिया गया। तब उसमें राजा और रानियों ने चिरकाल तक नौकाओं द्वारा नदी का आनन्द लेने के लिए सैर की। जल के अवगाहन के पश्चात् गले में धारण किए हुए बहुमूल्य हार से शोभायमान कुश, नौका से उतरकर रानियों के साथ विहार के लिए जल में प्रविष्ट हुआ। उस समय वह ऐसे सज रहा था मानो उखाड़ी हुई कमलिनी को कन्धे पर लटकाए हुए गजराज हथिनियों सहित नदी में प्रविष्ट हुआ हो।

राम को अगस्त्य मुनि ने प्रसन्न होकर एक मांगलिक कंकण दिया था।

राम ने उसे राज्य के साथ ही कुश को अर्पण कर दिया था। स्नान करते हुए अनजाने वह कंकण पानी में डूब गया। जब स्नान से निवृत्त होकर राजा कपड़े पहनने लगा तो उसे विदित हुआ कि हाथ कंकण से शून्य है। निर्लोभ होने के कारण किसी आभरण-विशेष में कुश की ममता नहीं थीं, तो भी वह कंकण विजय का प्रतीक था, और पिता द्वारा धारण किया जा चुका था, इस कारण उसके खो जाने को राजा न सह सका। नदी में गोता लगाने वाले सब तैराकों को बुलाकर आज्ञा दी गई कि वे जल में घुसकर कंकण की तलाश करें। उन्होंने बहुत प्रयत्न किया, परन्तु सफलता न हुई। तब उन्होंने कुश से विश्वासपूर्वक कहा–

हे देव, हमने पूरा प्रयत्न किया, परन्तु उसमें आपका बहुमूल्य आभूषण नहीं मिला। हम समझते हैं कि जल में रहनेवाले किसी नाग ने उसे जीवन समझकर खा लिया।

यह सुनकर क्रोध से कुश की आंखें लाल हो गईं, और उसने नागों के नाश के लिए गरुड़ास्त्र को हाथ में लिया। गरुड़ास्त्र के दर्शनमात्र से भयभीत नागराज तुरन्त ही अपनी कन्या को साथ लेकर जल से निकल आया, और राजा के सामने हाथ जोड़कर खड़ा हो गया। उसके निकलने के समय वह जलाशय मन्थन के समय के समुद्र की भांति खौल रहा था। उसमें रहनेवाले नक्र आदि संत्रस्त हो गए थे, और घोर कोलाहल हो रहा था। सर्पराज के हाथ में कंकण को और उसकी विनीत मुद्रा को देखकर कुश को दया आ गई, और उसने गरुड़ास्त्र का प्रयोग नहीं किया। सज्जन लोग क्षमा चाहनेवालों पर क्रोध नहीं करते।

नागों के राजा कुमुद्र ने त्रिलोकनाथ श्रीराम के वंशज कुश को सिर झुकाकर प्रणाम करके निवेदन किया–

मैं जानता हूं कि आप संसार के उपकार के लिए शरीरधारी विष्णु के पुत्र-रूपी दूसरी मूर्ति हैं। भला मैं आपको अप्रसन्न कैसे कर सकता हूं? आपके आभरण की ओर जब गेंद खेलती हुई मेरी बाला ने कौतूहल से देखा तो अन्तरिक्ष से गिरनेवाली ज्योति की तरह सुन्दर पाकर इसे खिलौना समझा और ले लिया। सो यह लीजिए, यह फिर आपके उसी घुटनों तक पहुंचने वाली, धनुष की प्रत्यंचा के निरन्तर खींचने के चिह्न से सुशोभित, भूमि के रक्षा-स्तम्भ के समान ओजस्वी और हृष्ट-पृष्ट भुजा की शोभा बढ़ानेवाला बन जाए। मैं आपकी क्षमा के प्रतिकार में अपनी कुमुद्वती नाम की इस छोटी कन्या को आपकी भेंट करता हूं। आशा है आप अस्वीकार न करेंगे।

इस प्रकार आभरण भेंट करके; अत्यन्त विनयपूर्वक प्रार्थना करने पर राजा

ने कुमुद्वती को अपनाना स्वीकार कर लिया। कुमुद ने सब बांधवों की उपस्थिति में विधिपूर्वक राजा से कुमुद्वती का विवाह कर दिया। उस पुण्य पाणिग्रहण के समय दिग्गजों के दिव्य तूर्य की ध्वनि व्याप्त हो गई, और आश्चर्यजनक मेघों ने सुगन्धित पुष्प बरसाए। रघुवंश और वासुकि की सन्तान के उस गठजोड़ से दोनों ही पक्ष निःशंक हो गए। कुमुद विष्णु के वाहन के प्रहार से निःशंक हो गया और कुश नागों के उत्पात की चिन्ता छोड़कर सुखपूर्वक शासन करने लगा।

राजा अतिथि

जैसे रात के अन्तिम प्रहर से प्रकाश का जन्म होता है, कुमुद्वती से काकुत्स्थ वंश को बढ़ानेवाला अतिथि नाम का पुत्र उत्पन्न हुआ। सूर्य उत्तर-दक्षिण दोनों दिशाओं को पवित्र कर देता है, अतिथि ने भी अपने गुणों की गरिमा से पितृवंश और मातृवंश दोनों को पवित्र कर दिया। पिता ने उसे पहले कुल के योग्य शास्त्र तथा शस्त्रविद्या का अध्ययन करवाया, और उसके पश्चात् उसका राजकन्याओं से विवाह कर दिया। अतिथि अपने पिता के समान ही कुलीन, शूर और संयमी था—इस कारण एक होता हुआ भी अपने अनेक होने का अनुभव कराने लगा। जब स्वर्ग पर संकट आया, तब इन्द्र के निमन्त्रण पर कुश वहां गया जहां उसने दुर्जय नाम के दैत्य को मार दिया, और स्वयं भी दैत्य द्वारा मारा गया। जैसे चन्द्रमा के साथ चांदनी विलीन हो जाती है, कुमुद्वती ने भी राजा के पश्चात् प्राण छोड़ दिए।

संग्राम के लिए जाते हुए कुश ने आज्ञा दी थी कि यदि मेरी मृत्यु हो जाए तो मेरे पुत्र अतिथि को राजगद्दी पर बिठा देना। तदनुसार मन्त्रियों ने राजकुमार का राज्याभिषेक कर दिया। उसके अभिषेक के लिए कुशल-कारीगरों द्वारा, ऊंची वेदी से युक्त, चार खम्भों पर खड़ा हुआ नया मण्डप तैयार करवाया गया। वहां सुन्दर आसन पर बिठाकर सोने के घड़ों में लाए गए विविध तीर्थों के जलों द्वारा, मन्त्रियों ने अतिथि का अभिषेक किया। उस समय मधुर और गम्भीर नाद करने वाले तूर्यों की ध्वनि ने संसार को अतिथि के भावी अक्षय कल्याण की सूचना दी। पहले पुरोहित और उनके अनुगामी ब्राह्मणों ने अथर्ववेद के मन्त्रों से अभिषेक किया। जैसे शिव के सिर पर गंगा का प्रवाह धारावाही रूप से अवतीर्ण होता है, अभिषेक की लक्ष्मी मंगल-ध्वनि के साथ उसके मस्तक पर बह गई। उस समय बन्दी लोग ऊंचे स्वर से स्तुति-गान गा रहे थे। जैसे वर्षा के जल में बादलों में

चमकने वाली बिजली का तेज निखर उठता है, उसी प्रकार तीर्थों के पवित्र जल से अभिषिक्त होने पर अतिथि की ज्योति भी दस गुना हो गई।

यज्ञ के अन्त में राजा ने स्नातकों को इतना पर्याप्त दान दिया कि वे अपने-अपने यज्ञों को सुविधा से पूरा कर सकें। प्रसन्न होकर स्नातकों ने उसे जो आशीर्वाद दिया, उसे राजा के पहले से किए हुए कर्मों ने दूर से ही व्यर्थ करके रोक दिया। अभिषेक की प्रसन्नता से अतिथि ने कैदियों को मुक्त कर दिया, मृत्युदण्ड वालों का दण्ड माफ कर दिया, बैलों पर अधिक बोझ न लादने की आज्ञा दे दी, और यह भी आदेश दिया कि इस अवसर पर गौओं को न दुहकर उनका सारा दूध बछड़ों को पीने दिया जाए। राजा की आज्ञा से पिंजरों में बन्द शुक आदि पक्षी छोड़ दिए गए।

तब अतिथि राजसी वस्त्र पहनने के लिए भवन के दूसरे भाग में गया, वह वहां हाथी-दांत के ऐसे आसन पर आसीन हुआ, जिसपर बहुमूल्य चादर बिछी हुई थी। प्रसाधक लोगों ने पहले जल से हाथ धोए, फिर उसके केशों के अग्रभागों को धूप से सुगन्धित करके वेश-विन्यास की सामग्री लेकर उपस्थित हुए। उन्होंने मोतियों की लड़ी में पद्मराग मणि को सजा दिया। कस्तूरी की गन्ध से सुगन्धित चन्दन के लेप से शरीर के प्रसाधन को समाप्त करके उस पर गोरोचन द्वारा पत्र-रचना की। उस समय आभूषण और हंस के चिह्नवाले दुकूल को धारण करके वह राज्यश्री-रूपी बहू का वर अत्यन्त शोभायमान प्रतीत होता था।

जब अतिथि ने राजवेश से सुसज्जित होकर अपनी आकृति दर्पण में देखी तो वह ऐसी तेजस्विनी प्रतीत हुई जैसे सूर्य के उदित हो जाने पर मेरु पर्वत पर कल्पतरु की छाया। इस प्रकार वेशभूषा से सर्वथा तैयार होकर, राजपद के छत्र-चामर आदि चिह्नों को वहन करने वाले जयकारी राजपुरुषों के साथ वह देवसभा के समान सुशोभित राजसभा में प्रविष्ट हुआ। वहां जाकर नरेशों के राजमुकुटों के संघर्ष से घिसे हुए पादपीठ और वितान से शोभित पितृ-पितामहों के आसन पर आरूढ़ हुआ। वह श्रीवत्स लक्षणों से युक्त उस सभा में इस प्रकार सुशोभित था मानो विष्णु के वक्ष पर कौस्तुभमणि हो। अतिथि विधिपूर्वक युवराज पद पर नियुक्त न होकर भी बाल्यावस्था में ही सम्राट-पद को प्राप्त हो गया। मानो दूज का चांद अर्धचन्द्र हुए बिना ही पूर्ण चन्द्र बन गया।

अतिथि का मुखड़ा सदा प्रसन्न रहता था। वह बात करता था तो मुस्कराकर। वह प्रजाजनों के विश्वास की साक्षात् मूर्ति के सदृश था। जब ऐरावत के समान भव्य हाथी पर आरूढ़ होकर उसने ध्वजाओं और तोरणों से सजी हुई अयोध्यापुरी में भ्रमण किया, तब वह स्वर्गपुरी के समान दिखाई देती थी।

छत्र केवल अतिथि के सिर पर छाया हुआ था, परन्तु उससे सारी प्रजा के मन में पुराने राजाओं के वियोग से उत्पन्न हुई सारी गर्मी दूर हो गई।

अतिथि रूप, वीरता और दूरदर्शिता आदि गुणों में रघुकुल के सर्वथा अनुरूप था। अभिषेक-जल में गीली वेदी भी अभी सूखने न पाई थी कि उस का दुःसह प्रताप समुद्रतट के अन्त तक पहुंच गया। वसिष्ठ की नीति और धनुर्धारी अतिथि के तीर—दोनों की सम्मिलित शक्ति के लिए कुछ भी असाध्य नहीं था। दण्डशास्त्र के जानने वाले अधिकारियों की सहायता से अतिथि शत्रुओं के अभियोगों का निर्णय करता था। उत्तम कार्य करने वाले भृत्यों के प्रति चेहरे की मुद्रा से प्रसन्नता प्रकट करके वह उन्हें अभीष्ट पारितोषिक देता था। कुशरूपी श्रावण मास ने जिन प्रजारूपी नदियों को बढ़ा दिया था, अतिथिरूपी भाद्रपद मास ने अपनी प्रजावत्सलता से उनमें बाढ़-सी ला दी। वह जो बात कहता था, वह कभी मिथ्या नहीं होती थी। जो दे देता था, उसे वापिस नहीं लेता था। हां, एक नियम भंग करता था, कि शत्रुओं को उखाड़ कर फिर उसी देश में लगा देता था। जवानी, रूप और ऐश्वर्य—तीनों में से एक भी हो, तो मद उत्पन्न करने के लिए काफी है। उसमें तीनों थे, फिर भी उसके मन में अभिमान नहीं था। इस प्रकार प्रजा के प्रेम से सिंचित वह नया वृक्ष भी पुराने वृक्षों की भांति दृढ़मूल हो गया। बाहर के समस्त शत्रुओं को जीतने से पूर्व उसने अन्दर के काम, क्रोध आदि सब शत्रुओं पर विजय प्राप्त कर ली। जैसे पत्थर पर पड़ी हुई स्वर्ण की रेखा अमिट होती है, वैसे ही उसके पास आकर चंचला लक्ष्मी भी स्थिर हो गई थी। केवल नीति कायरता का चिह्न है, और केवल शौर्य पशुवृत्ति का सूचक है, अतः कार्य-सिद्धि के लिए अतिथि दोनों का ही उपयोग करता था। जैसे मेघों से शून्य आकाश में सब कुछ सूर्य की रश्मियों के सामने रहता है, वैसे ही उसके ज्ञान से दूर कुछ नहीं था। शास्त्रों और गुरुओं के आदेश के अनुसार वह दिन और रात का निश्चित समय-विभाग बनाकर उसके अनुसार कार्य करता था—उसमें विकल्प नहीं होने देता था। वह मन्त्रियों से प्रतिदिन मन्त्रणा किया करता था, परन्तु भेद सुरक्षित होने के कारण उसकी मन्त्रणा गुप्त ही रहती थी। मित्रों और शत्रुओं में उसके दूत ऐसे प्रच्छन्न रूप में घूमते थे कि वे एक-दूसरे को भी नहीं जानते थे। उसके कारण वह सोता हुआ भी जागता था। वह शत्रुओं के देशों पर आक्रमण करके उन्हें जीत लेता था, तो भी अपने देश के दुर्गों को निर्बल नहीं होने देता था। केसरी हाथियों के झुंडों का ध्वंस कर देता है, परन्तु स्वयं पर्वत की गुफा में सुरक्षित होकर जो सोता है, उसका कारण डर नहीं, अपितु आत्मरक्षा की सामयिक भावना है।

जैसे धान के दाने बालों में रहकर ही परिपक्व होते हैं, वैसे ही उसकी कल्याणकारिणी योजनाएं भी परामर्श और उद्योग की दशा में अत्यन्त गुप्त रहने के कारण तभी प्रकट होती थीं जब सफल हो जाती थीं। अत्यन्त बढ़कर भी वह मार्गभ्रष्ट नहीं होता था। ज्वारभाटे के समय भी समुद्र का जल नदी के मुखों से ही बाहर निकलता है—तट की मर्यादा को नहीं तोड़ता यद्यपि उसमें प्रजा में उत्पन्न हुए असन्तोष को दबाने की पर्याप्त शक्ति थी, तो भी वह असन्तोष उत्पन्न करने वाले कार्यों से बचता था। रोग का इलाज करने की अपेक्षा रोग को रोकना उचित समझता था। वह धर्म, अर्थ और काम तीनों को परस्पर एक-दूसरे का सहायक बनाकर निष्काम भाव से उनका प्रयोग करता था। यदि मित्र निर्बल रहें तो कुछ भला नहीं कर सकते, और यदि अत्यन्त प्रबल हो जाएं तो विरोधी बन जाते हैं। इस कारण वह मित्रों को मध्यम दशा में रखता था। उसके राज्य में महिलाएं तथा व्यापारी जैसे रक्षणीय व्यक्ति भी नदियों में विहार करते थे, बगियों में, वनों में घूमते थे। वे वाटिकाओं और पहाड़ों में ऐसे विचरण करते थे, जैसे घरों में। सब लोग आततायियों से निश्चिन्त होकर अपने-अपने कार्यों में लगे रहते थे। वह पृथ्वी की रक्षा करता था, और इसके बदले में पृथ्वी उसे भरपूर पारितोषिक देती थी। वह खानों से रत्न, खेती से अन्न और जंगलों से हाथी देती थी।

चन्द्र बढ़कर क्षीण हो जाता है, परन्तु वह जो एक बार बढ़ने लगा तो अपने शासन-काल में उतार पर नहीं आया। समुद्र से जल पाकर बादलों में पानी बरसाने की शक्ति उत्पन्न हो जाती है, उसी प्रकार उसके दिए हुए दान से समृद्ध होकर विद्वान और दरिद्र लोग दानी बन गए थे। मुंह पर की गई स्तुति से अतिथि लज्जित होता था, और स्तोता को बुरा समझता था, तो भी उसका यश निरन्तर बढ़ता ही जाता था। साधारण रूप में अन्य देश पर आक्रमण करना निंदा के योग्य है, परन्तु क्योंकि उसने अश्वमेध यज्ञ की पूर्ति के लिए दिग्विजय किया था, अतः वह धर्मानुकूल ही था। इस प्रकार शास्त्रों द्वारा विधि से अश्वमेध यज्ञ करके, कोश और सैन्य की शक्ति के कारण उसने देवताओं के राजा इन्द्र के समान राजाधिराज पदवी को प्राप्त कर लिया। दूर से दूर देश के रहनेवाले राजाओं ने भी सम्राट् अतिथि के भेजे हुए आज्ञापत्रों को सुनने के समय अपने राज्यक्षत्रों को हटाकर, आज्ञाओं को शिरोधार्य किया। अतिथि ने अश्वमेध यज्ञ में ऋत्विजों को इतनी दक्षिणा दी कि उसे जनता कुबेर के समान मानने लगी।

अतिथि के वंशज

अतिथि का निषध देश की राजकन्या से विवाह हुआ। उससे जो पुत्र-रत्न उत्पन्न हुआ, उसका नाम निषध ही रखा गया। जैसे समय पर अच्छी वृष्टि हो जाने के कारण अन्न की सफल फसल की आशा से जीवलोक आनन्द-विभोर हो जाता है, वैसे ही बलिष्ठ उत्तराधिकारी के जन्म के कारण प्रजा के कल्याण की आशा हो जाने से राजा अत्यन्त प्रबल हो गया। चिरकाल तक राज्य के सुखों का उपभोग करके, अतिथि ने निषद् को गद्दी पर बिठा दिया, और स्वयं अपने श्रेष्ठ कर्मों से प्राप्त किए स्वर्गलोक को प्रस्थान किया। शतपत्र के समान आंखों वाले, कुश के पौत्र, वीर निषध ने बहुत काल तक समुद्र-मेखला पृथ्वी पर निर्विघ्न शासन किया। तत्पश्चात् उसका पुत्र नल सिंहासन पर बैठा। उसने शत्रुओं का ऐसे मर्दन कर दिया जैसे गज वन के झुरमुटों को मसल देता है। उससे शुद्ध नभ की भांति नीले रंग वाला पुत्र उत्पन्न हुआ, जिसका नाम नभ रखा गया। पुत्र के वयस्क होने पर नल ने उत्तर कोसल देश के राज्य का अधिकार उसे दे दिया और अपने आप संसार के बन्धन से मुक्ति पाने के लिए तपोवन को चला गया। नभ के पुत्र का नाम पुण्डरीक रखा गया, और पुण्डरीक का पुत्र क्षेमधन्वा कहलाया। क्षेमधन्वा के पुत्र ने अपने शौर्य आदि गुणों के कारण यशस्वी होकर देवताओं की सेना के नेता बनने की योग्यता प्राप्त कर ली थी। उसके पुत्र का नाम देवानीक था। जैसा वीर पिता था, वैसा ही वीर पुत्र हुआ। दोनों एक-दूसरे के सर्वथा अनुरूप और एक-दूसरे के योग्य थे। क्षेमधन्वा भी अपनी कुलप्रथा के अनुसार चारों वर्णों की रक्षा का भार देवानीक पर डालकर स्वयं मोक्ष के मार्ग पर चला गया। देवानीक के पुत्र का नाम अहीनगु रखा गया। क्योंकि वह सारी पृथ्वी का एकछत्र राज्य करने वाला था। अहीनगु बहुत मधुर प्रकृति का नृप था। शत्रु भी उससे प्रेम करते थे। वह व्यसनियों से बिल्कुल अलग रहता था, इसीलिए उसे कोई भी व्यसन

नहीं छू गया था। वह अपने पूर्वपुरुष राम की भांति मनुष्यों की प्रकृतियों का विशेषज्ञ और चतुर शासक था। वह साम, दाम, दण्ड और भेद इन चारों उपायों का सफल प्रयोग करके चिरकाल तक दिशाओं का शासन करता रहा।

अहीनगु के परलोक चले जाने पर राज्यलक्ष्मी ने, महानता में पारियात्र पर्वत को जीतनेवाले उसके पारियात्र नाम के पुत्र को वर लिया। पारियात्र का पुत्र उदारशील बालक था, उसकी शिला के समान विशाल दृढ़ छाती थी। वह अपने भयंकर बाणों से शत्रुओं का विनाश कर देता था। उसकी शालीनता इतनी बढ़ी हुई थी कि वह अपनी प्रशंसा सुनकर लज्जित हो जाता था। अतः उसका 'शिल' नाम गुणों के अनुरूप ही था। पारियात्र ने वयस्क होने पर शिल को युवराज बनाकर सारा राज-काज उसे सौंप दिया और स्वयं स्वच्छन्द होकर सांसारिक सुखों का उपभोग करने लगा। विषय-भोग में अत्यन्त आसक्ति का परिणाम यह हुआ कि रागरंग से पूरी तरह तृप्त होने से पहले ही पारियात्र की रानी को बुढ़ापे ने घेर लिया। शिल के नाभि नाम का पुत्र उत्पन्न हुआ। अत्यन्त गम्भीर नाभि होने से उसका 'नाभि' नाम रखा गया था और उसके पिता की भावना थी कि वह सम्पूर्ण राजमण्डल की नाभि अर्थात् केन्द्र हो। नाभि के पुत्र का नाम वज्रनाभ रखा गया। वह वज्रधर इन्द्र के समान ओजस्वी हुआ। संग्राम में वज्र के समान उसकी ललकार गूंजती थी, वह हीरकों की खान, पृथ्वी का योग्य पात्र था। वज्रनाभ की मृत्यु पर खनिज रत्नों से परिपूर्ण सागरात्मा पृथ्वी उसके शंखण नाम के पुत्र की सेवा में उपस्थित हो गई। शंखण के पीछे उसका पुत्र हरिदश्व सिंहासन पर बैठा। हरि के पुत्र का नाम विश्वसह रखा गया। विश्वसह के हिरण्यनाभ नाम का पुत्र उत्पन्न हुआ। वृद्धावस्था आने पर पितृऋण से उऋण हुए विश्वसह ने आजानुबाहु वीर पुत्र हिरण्यनाभ को राज्य का अधिकार दे दिया और स्वयं वल्कल धारण करके तपोवन में चला गया।

हिरण्यनाभ के शान्त प्रकृति वाला और सुन्दर पुत्र उत्पन्न हुआ, जिसका कौसल्य नाम रखा गया। गुणों द्वारा सारे ब्रह्मांड में यश फैलाकर कौसल्य ने सिंहासन पर ब्रह्मिष्ठ नाम के पुत्र को बिठाकर स्वयं ब्रह्मधाम की यात्रा की। कुलशिरोमणि ब्रह्मिष्ठ के उत्तम शासन-काल में सुखी प्रजाएं आंखों से आनंद के आंसू बरसाती थीं। गुरुओं की सेवा करने वाले, विष्णु के सदृश तेजस्वी 'पुत्र' नाम के आत्मज को प्राप्त करके राजा ब्रह्मिष्ठ सन्तान वालों में अत्यन्त आदरणीय बन गया। पुत्र के प्रजा की रक्षा के योग्य होने पर वंश की स्थिति से निश्चिन्त होकर, वह इन्द्र का मित्र अपने शुभ कर्मों से स्वर्ग को सिधार गया। पुत्र के यहां पौष पूर्णिमा

के दिन पुष्य नाम का पुत्र उत्पन्न हुआ। पुष्य के शासन-योग्य होने पर पुत्र महर्षि जैमिनी का शिष्य बन योग-साधना में निरत होकर मोक्ष का अधिकारी बन गया। पिता के अकस्मात् मर जाने पर अमात्य लोगों ने प्रजा को अनाथता से बचाने के लिए बालक सुदर्शन को ही साकेत का स्वामी घोषित कर दिया। लोगों ने उस बालक को भी मुकुट धारण करने के कारण पिता के समान ही तेजस्वी होने वाला राजा मानकर प्रणाम किया। हाथी के बच्चे के समान छोटा-सा बादल का टुकड़ा पुरवा हवा के संयोग से शीघ्र ही दिशाओं में व्याप्त हो जाता है। वह केवल छह वर्ष का था। उसे हाथी पर आरूढ़ होकर राजमार्ग पर जाते हुए देखकर प्रजाओं ने उसका ध्रुवसन्धि के सदृश ही आदर किया। बालक होने के कारण वह पूरे सिंहासन क़ो नहीं भर सकता था, पर उसके सुनहरे तेज मण्डल से सिंहासन भरा हुआ प्रतीत होता था। उसके पांव सिंहासन की पाद-पीठ को नहीं छूते थे, तो भी अन्य नरेशों ने उस रघुवंश के अंकुर के सामने अपने उन्नत मुकुट झुकाकर प्रणाम किया। नीलमणि छोटा हो तो भी वह मणि ही कहलाता है। सुदर्शन की आयु कम थी, तो भी उसमें महाराज-पद का प्रयोग उपयुक्त ही प्रतीत होता था। अभी उसके कपोलों पर काक पक्ष झूम रहे थे, परन्तु उसकी आज्ञाओं का पालन समुद्र की वेलाओं तक अबाधित रूप से होता था। अभी उसने पूरी तरह अक्षरों का लिखना भी नहीं सीखा था कि विद्वान् गुरुओं की कृपा से दण्डनीति का सांगोपांग प्रयोग जान गया था। पूर्व-पुरुषों के प्रताप और उसकी अपनी असाधारण तेजस्विता के कारण तलवार की मूठ पर हाथ रखे बिना ही उसकी भुजाएं पृथ्वी की रक्षा करती थीं। समय के साथ-साथ केवल सुदर्शन का शरीर ही नहीं, रघु के वंशजों के योग्य गुण भी पूर्णता को प्राप्त होते गए। पूर्वजन्म के संस्कारों की सहायता से उसने गुरुओं से धर्म, अर्थ और काम तीनों के लिए उपयुक्त वार्ता, दण्डनीति और आन्वीक्षिकी, इन तीनों विद्याओं को और राज्य की प्रजाओं को अनायास ही वश में कर लिया। शरीर भर आया, वह शास्त्र तथा शस्त्रास्त्र-विद्या में प्रवीण हो गया। इस प्रकार उसमें लक्ष्मी और पृथ्वी दोनों सत्पत्नी भाव रखती हुई भी अनुकूलता से निवास करने लगीं।

पतन की ओर

वृद्धावस्था आने पर राजा सुदर्शन ने अपने पुत्र अग्निवर्ण को राजगद्दी पर बिठा दिया, और स्वयं तपस्या करने के लिए मैथिलारण्य को चला गया। वहां तीर्थ के जल में स्नान, तथा झोंपड़ी में बनी हुई कुशा की शय्या पर विश्राम करके उसने महल और बावड़ी को सर्वथा भुला दिया और फल की इच्छा त्यागकर तप करने लगा। अग्निवर्ण को राज्य के भली प्रकार से चलाने में विशेष कठिनाई नहीं हुई, क्योंकि उसके शत्रुजयी पिता ने पृथ्वी का शासन भविष्य की सुरक्षा को लक्ष्य बनाकर ही किया था, केवल शौक पूरा करने के लिए नहीं। राज्य की रक्षा से निश्चिन्त होकर वह विषयभोग में प्रवृत्त हो गया। स्त्रियों के साथ उत्सवों और रागरंग का ऐसा तांता बंधा कि प्रत्येक उत्सव अपने से पहले उत्सव पर बाजी मारने लगा। इन्द्रिय-सुखों को एक क्षण के लिए त्यागना भी उसे दूभर होने लगा। महलों में इतना निरत रहने लगा कि दर्शन के लिए उत्सुक प्रजाजनों को दर्शन तक देना बन्द कर दिया। जब कभी वृद्ध मन्त्रियों के जोर देने से प्रजा को दिखाई देता भी था तो केवल झरोखे से चरण सामने कर देता था, चेहरा परोक्ष ही रहता था। प्रजाजन नखों की ज्योति से रंगे हुए, सूर्य की किरणों से विकसित कमलों के सदृश शोभायमान चरणों को प्रणाम करके ही कृतकृत्य हो जाते थे।

उसकी विलासिता दिनों-दिन बढ़ती ही गई। सुरा के दौर लम्बे और गहरे होते गए। स्त्रियां उसके मुंह से लगा हुआ मधु पीना पसन्द करती थीं, और वह उनके हाथों सुरा के पान में आनन्द मानता था। मधुर स्वर वाली वीणा और गायिका उसकी दिन-रात की संगिनी बन गई। नृत्य के परिश्रम से नर्तकी के मुंह पर जो पसीना आता था, उसके स्पर्श से सुगन्धित वायु को सूंघकर वह मानता था कि यह सुख देवताओं को भी दुर्लभ है। वह गायिकाओं और नर्तकियों में इतना मग्न रहने लगा कि रानियों को उसे अपने पास ले जाने के लिए 'आज

यह उत्सव है' और 'आज यह विधि पूर्ण करनी है' इस प्रकार के बहाने बनाने पड़ते थे। धीरे-धीरे उसकी गिरावट इतनी बढ़ गई कि वह दासियों से भी सम्भोग करने लगा। उसकी बुद्धि इतनी विचलित हो गई कि एक स्त्री से बात करते हुए दूसरी का नाम ले देता था। तब वह स्त्री कहती थी कि जैसे तुमने मुझे उसका नाम दिया है, वैसे ही उसका भाग्य भी दे दो। वह सारी रात संभोग में व्यतीत करता था, और दिन में सोता था। इस प्रकार वह चन्द्रकिरणों से विकसित होनेवाले और सूर्य के प्रकाश में मुरझाने वाले कुमुद-समुदाय का अनुकरण करता था। एकान्त में नर्तकियों से नृत्य की आंगिक, सात्त्विक और संगीत सम्बन्धी शिक्षाओं को ग्रहण करके, वह मित्र-मण्डली में बैठकर बड़े-बड़े उस्तादों से टक्कर लेता था। बरसात के मौसम में कृत्रिम पर्वत बनाकर, और उन्हें मयूरों से सजाकर बरसाती फूलों की मालाओं से सजा हुआ वह विलासी विहार करता था। अन्य सब ऋतुओं में, उनके अनुरूप रचनाएं करके वह कामवासनाओं की तृप्ति में दिन और रात व्यतीत करने लगा और राज्य के सब कार्यों को तिलांजलि देकर, केवल इन्द्रिय-सुखों में लीन हो गया। केश-विन्यास में उसने इतनी कुशलता प्राप्त कर ली थी कि उसकी मालाओं आदि की सजावट देखकर ही ऋतुओं का अनुमान लगाया जा सकता था।

राघवों के पराक्रम का इतना आतंक जमा हुआ था कि यद्यपि अग्निवर्ण विषय-भोगों में रत रहता था, तो भी ब्राह्य शत्रु साकेत की ओर आंख न उठा सके, परन्तु अत्यन्त उपभोग से उत्पन्न होने वाला क्षयरोग अन्दर ही अन्दर उसे खाने लगा, जैसे दक्ष का शाप चन्द्रमा को क्षीण कर देता है। वह वैद्यों द्वारा निवारण करने पर भी सुरा और नारी के अति सेवन को न छोड़ सका। इन्द्रियां जब विषय-सुखों के पीछे भागने लगती हैं, तब उनका रोकना अत्यन्त कठिन हो जाता है। मुंह का रंग पीला पड़ गया, आभूषण कम हो गए, सहारा लेकर चलने की आवश्यकता अनुभव होने लगी, और कण्ठस्वर क्षीण हो गया। राजयक्ष्मा ने अग्निवर्ण की ऐसी दशा कर दी जैसी कामातुर अवस्था में कामी लोगों की होती है। उस क्षय-रोगी राजा के कारण रघु के तेजस्वी कुल की अवस्था डूबते हुए चन्द्रमा से युक्त आकाश, गर्मी से सूखे हुए पंकावशेष तालाब और बुझते हुए दीपक-सी हो गई। जब राजा के दर्शन न होने से प्रजा के हृदयों में तरह-तरह की आशंकाएं उत्पन्न होने लगीं, तब सन्तोष देने के लिए मन्त्री यह उत्तर देने लगे कि राजा पुत्रलाभ के लिए जप आदि साधन कर रहा है। एक ओर रोग का प्रकोप, और दूसरी ओर चिन्ता कि अनेक रानियों के होते हुए भी पितृऋण

से मुक्त कराने वाला कोई पुत्र उत्पन्न नहीं हुआ। वैद्यों के अनेक यत्नों को लांघकर अग्निवर्ण मर गया। प्रजा में क्षोभ न हो, इस विचार से मन्त्रियों ने अन्त्येष्टि की विधि जाननेवाले पुरोहितों से घर के उपवन में ही उसकी अन्तिम क्रिया करा दी।

उसके पश्चात् देश के प्रमुख पौरजनों से परामर्श करके मन्त्रियों ने एकमत हो गर्भ के शुभ चिह्नों से युक्त रानी को राजगद्दी पर बिठा दिया। पति के वियोग से दुःखी होकर रानी ने जो गर्म आंसू बहाए, गर्भगत बच्चे का पहला स्नान उनसे ही हुआ, तदनन्तर अभिषेक के शीतल जलों से हुआ। बोए हुए बीजों को जैसे पृथ्वी तब तक सुरक्षित दशा में अपने गर्भ में रखती है, जब तक अंकुर उत्पन्न न हो, वैसे ही स्वर्ण के सिंहासन पर विराजमान रानी राज्य के उत्तराधिकारी की गर्भ में रक्षा करती हुई, मन्त्रियों की सहायता से भली प्रकार राज्य का शासन करती रही।

□□□